LA VIDA ES SUEÑO

Pedro Calderón de la Barca, autor dramático español, nació en 1600. Soldado en su primera juventud, actuó en Flandes y en Lombardía. De gran afición a las letras, llegó bien pronto a compartir con Lope de Vega el cetro de la literatura dramática española. Su labor fué de extraordinaria fecundidad y no tuvo interrupción, descollando entre sus producciones, sobradamente conocidas, las comedias *Guárdate del agua mansa; El secreto a voces,* y *La dama duende,* y los dramas *El médico de su honra; A secreto agravio secreta venganza,* y *El alcalde de Zalamea.* Entre sus obras de más prestigio, *La vida es sueño* muestra los quilates de su gran talento creador. A los 48 años de edad Calderón de la Barca abrazó la carrera eclesiástica. Murió en 1681.

BIBLIOTECA MUNDIAL SOPENA
EDITADA EN LA ARGENTINA

CALDERON DE LA BARCA

LA VIDA ES SUEÑO

TEXTO INTEGRO, DE ACUERDO
CON LA EDICION ORIGINAL

EDITORIAL SOPENA
ESMERALDA 116 • BUENOS AIRES

PRIMERA EDICION

FEBRERO DE 1939

EDITADO E IMPRESO EN LA ARGENTINA
PRINTED AND PUBLISHED IN ARGENTINE
IMPRIMÉ ET PUBLIÉ EN ARGENTINE
PUBBLICATO E STAMPATO IN ARGENTINA
EDITADO E IMPRESSO NA ARGENTINA
DRUCK UND AUSGABE IN ARGENTINIEN

P E R S O N A S

BASILIO, rey de Polonia

SEGISMUNDO, príncipe

ASTOLFO, duque de Moscovia

CLOTALDO, viejo

CLARIN, gracioso

ESTRELLA, infanta

ROSAURA, dama

Soldados — Guardas — Músicos — Acompañamiento.

La escena es en la corte de Polonia, en una fortaleza poco distante y en el campo.

Criados. — Damas.

A un lado monte fragoso y al otro una torre cuya planta baja sirve de prisión a Segismundo. La puerta, que da frente al espectador, está entreabierta. La acción principia al anochecer.

LA VIDA ES SUEÑO

JORNADA PRIMERA

●

ESCENA I

ROSAURA, CLARIN.

(Rosaura, vestida de hombre, aparece en lo alto de las peñas, y baja a lo llano; tras ella viene Clarín).

ROSAURA

Hipogrifo violento
Que corriste parejas con el viento,
¿Dónde, rayo sin llama,
Pájaro sin matiz, pez sin escama,
Y bruto sin instinto
Natural, al confuso laberinto
Destas desnudas peñas
Te desbocas, arrastras y despeñas?
Quédate en este monte,
Donde tengan los brutos su Faeton-
Que yo, sin más camino   (te;

Que el que me dan las leyes del desti-
Ciega y desesperada   (no,
Bajaré la aspereza enmarañada
Deste monte eminente,
Que arruga al sol el ceño de su frente.
Mal, Polonia, recibes
A un extranjero, pues con sangre es-
Su entrada en tus arenas,   (cribes
Y apenas llega, cuando llega a penas.
Bien mi suerte lo dice;
¿Más dónde halló piedad un infelice?

CLARIN

Di dos, y no me dejes
En la posada a mí cuando te quejes;
Que si dos hemos sido
Los que de nuestra patria hemos sali-
A probar aventuras,   (do
Dos los que entre desdichas y locuras
Aquí habemos llegado,
Y dos los que del monte hemos roda-
¿No es razón que yo sienta   (do,
Meterme en el pesar, y no en la
                                   (cuenta?

ROSAURA

No te quiero dar parte
En mis quejas, Clarín, por no quitarte,

Llorando tu desvelo,
El derecho que tienes tú al consuelo
Que tanto gusto había
En quejarse, un filósofo decía,
Que, a trueco de quejarse,
Habían las desdichas de buscarse.

CLARIN

El filósofo era
Un borracho barbón: ¡oh! ¡quién le
Más de mil bofetadas!   (diera
Quejárase después de muy bien da-
¿Mas qué haremos, señora,   (das.
A pie, solos, perdidos y a esta hora
En un desierto monte,
Cuando se parte el sol a otro hori-
                              (zonte?

ROSAURA

¡Quién ha visto sucesos tan extraños!
Mas si la vista no padece engaños
Que hace la fantasía,
A la medrosa luz que aun tiene el día,
Me parece que veo
Un edificio.

CLARIN

O miente mi deseo,
O termino las señas.

ROSAURA

Rústico nace entre desnudas peñas
Un palacio tan breve,
Que al sol apenas a mirar se atreve;
Con tan rudo artificio
La arquitectura está de su edificio,
Que parece, a las plantas
De tantas rocas y de peñas tantas
Que al sol tocan la lumbre,
Peñasco que ha rodado de la cum-
(bre.

CLARIN

Vámonos acercando;
Que éste es mucho mirar, señora,
Es mejor que la gente   (cuando
Que habita en ella, generosamente
Nos admita.

ROSAURA

La puerta
(Mejor diré funesta boca) abierta

Está, y desde su centro
Nace la noche, pues la engendra den-
(tro.

(Suenan dentro cadenas.)

CLARIN

¡Qué es lo que escucho, cielo!

ROSAURA

Inmóvil bulto soy de fuego y hielo.

CLARIN

¿Cadenita hay que suena?
Mátenme, si no es galeote en pena:
Bien mi temor lo dice.

ESCENA II.

SEGISMUNDO, en la torre. — ROSAURA, CLARIN

SEGISMUNDO
(Dentro.)

¡Ay, mísero de mí! ¡Ay, infelice!

ROSAURA

¡Qué triste voz escucho!
Con nuevas penas y tormentos lucho.

CLARIN

Yo con nuevos temores.

ROSAURA

Clarín...

CLARIN

Señora...

ROSAURA

Huyamos los rigores
Desta encantada torre.

CLARIN

Yo aun no tengo
Animo para huir, cuando a eso vengo.

ROSAURA

¿No es breve luz aquella
Caduca exhalación, pálida estrella,
Que en trémulos desmayos,

Pulsando ardores y latiendo rayos,
Hace más tenebrosa
La obscura habitación con luz dudo-
Sí, pues a sus reflejos (sa?
Puedo determinar (aunque de lejos)
Una prisión obscura,
Que es de un vivo cadáver sepultura;
Y porque más me asombre,
En el traje de fiera yace un hombre
De prisiones cargado
Y sólo de una luz acompañado.
Pues huir no podemos,
Desde aquí sus desdichas escuchemos:
Sepamos lo que dice.

*(Abrense las hojas de la puerta, y descúbrese Segismundo
con una cadena y vestido de pieles. Hay luz en la torre.)*

SEGISMUNDO

¡Ay, mísero de mí! ¡Ay, infelice!
Apurar, cielos, pretendo,
Ya que me tratáis así,
¡Qué delito cometí
Contra vosotros naciendo!
Aunque si nací, ya entiendo
Qué delito he cometido:
Bastante causa ha tenido
Vuestra justicia y rigor,

Pues el delito mayor
Del hombre es haber nacido.
Sólo quisiera saber,
Para apurar mis desvelos
(Dejando a una parte, cielos,
El delito del nacer),
¿Qué más os pude ofender,
Para castigarme más?
¿No nacieron los demás?
Pues si los demás nacieron,
¿Qué privilegios tuvieron
Que yo no gocé jamás?
Nace el ave, y con las galas
Que le dan belleza suma,
Apenas es flor de pluma,
O ramillete con alas,
Cuando las etéreas alas
Corta con velocidad,
Negándose a la piedad
Del nido que deja en calma:
¿Y teniendo yo más alma,
Tengo menos libertad?
Nace el bruto, y con la piel
Que dibujan manchas bellas,
Apenas signo es de estrellas
(Gracias al docto pincel),
Cuando atrevido y cruel,
La humana necesidad

Le enseña a tener crueldad,
Monstruo de su laberinto:
¿Y yo, con mejor instinto,
Tengo menos libertad?
Nace el pez, que no respira,
Aborto de ovas y lamas,
Y apenas bajel de escamas
Sobre las ondas se mira,
Cuando a todas partes gira,
Midiendo la inmensidad
De tanta capacidad
Como le da el centro frío:
Y yo, ¿con más albedrío,
Tengo menos libertad?
Nace el arroyo, culebra
Que entre flores se desata,
Y apenas, sierpe de plata,
Entre las flores se quiebra,
Cuando músico celebra
De las flores la piedad,
Que le da la majestad
Del campo abierto a su huída:
¿Y teniendo yo más vida,
Tengo menos libertad?
En llegando a esta pasión,
Un volcán, un Etna hecho,
Quisiera arrancar del pecho
Pedazos del corazón:

¿Qué ley, justicia o razón
Negar a los hombres sabe
Privilegio tan süave,
Excepción tan principal,
Que Dios le ha dado a un cristal,
A un pez, a un bruto y a un ave?

ROSAURA

Temor y piedad en mí
Sus razones han causado.

SEGISMUNDO

¿Quién mis voces ha escuchado?
¿Es Clotaldo?

CLARIN

(Aparte a su amo.)

Di que sí.

ROSAURA

No es sino un triste (¡ay de mí!)
Que en estas bóvedas frías
Oyó tus melancolías.

SEGISMUNDO

Pues muerte aquí te daré,
Porque no sepas que sé

(Asela.)

Que sabes flaquezas mías.
Sólo porque me has oído,
Entre mis membrudos brazos
Te tengo de hacer pedazos.

CLARIN

Yo soy sordo, y no he podido
Escucharte.

ROSAURA

Si has nacido
Humano, baste el postrarme
A tus pies para librarme.

SEGISMUNDO

Tu voz pudo enternecerme,
Tu presencia suspenderme
Y tu respeto turbarme.
¿Quién eres? que aunque yo aquí
Tan poco del mundo sé,
Que cuna y sepulcro fué
Esta torre para mí:

Y aunque desde que nací
(Si esto es nacer) sólo advierto
Este rústico desierto,
Donde miserable vivo,
Siendo un esqueleto vivo,
Siendo un animado muerto;
Y aunque nunca vi ni hablé,
Sino a un hombre solamente
Que aquí mis desdichas siente,
Por quien las noticias sé
De cielo y tierra, y aunque
Aquí, porque más te asombres
Y monstruo humano me nombres,
Entre asombros y quimeras,
Soy un hombre de las fieras,
Y una fiera de los hombres:
Y aunque en desdichas tan graves
La política he estudiado,
De los brutos enseñado,
Advertido de las aves,
Y de los astros süaves
Los círculos he medido;
Tú sólo, tú has suspendido
La pasión a mis enojos
La suspensión a mis ojos,
La admiración a mi oído.
Con cada vez que te veo
Nueva admiración me das,

Y cuando te miro más,
Aun más mirarte deseo.
Ojos hidrópicos creo
Que mis ojos deben ser;
Pues cuando es muerte el beber,
Beben más, y desta suerte,
Viendo que el ver me da muerte,
Estoy muriendo por ver.
Pero véate yo y muera;
Que no sé, rendido ya,
Si el verte muerte me da,
El no verte qué me diera.
Fuera, más que muerte fiera,
Ira, rabia y dolor fuerte;
Fuera muerte: desta suerte
Su rigor he ponderado,
Pues dar vida a un desdichado
Es dar a un dichoso muerte.

ROSAURA

Con asombro de mirarte,
Con admiración de oírte,
Ni sé qué pueda decirte,
Ni qué pueda preguntarte:
Sólo diré que a esta parte
Hoy el cielo me ha guiado
Para haberme consolado,
Si consuelo puede ser

Del que es desdichado, ver
Otro que es más desdichado.
Cuentan de un sabio que un día
Tan pobre y mísero estaba,
Que sólo se sustentaba
De unas hierbas que cogía.
¿Habrá otro (entre sí decía)
Más pobre y triste que yo?
Y cuando el rostro volvió,
Halló la respuesta, viendo
Que iba otro sabio cogiendo
Las hojas que él arrojó.
Quejoso de la fortuna
Yo en este mundo vivía,
Y cuando entre mí decía:
¿Habrá otra persona alguna
De suerte más importuna?
Piadoso me has respondido;
Pues volviendo en mi sentido,
Hallo que las penas mías,
Para hacerlas tú alegrías
Las hubieras recogido.
Y por si acaso mis penas
Pueden en algo aliviarte,
Oyelas atento, y toma
Las que dellas me sobraren.
Yo soy...

ESCENA III,

CLOTALDO, soldados. — SEGISMUNDO, ROSAURA, CLARIN.

CLOTALDO

(Dentro.)

Guardas desta torre,
Que, dormidas o cobardes,
Disteis paso a dos personas
que han quebrantado la cárcel...

ROSAURA

Nueva confusión padezco.

SEGISMUNDO

Este es Clotaldo, mi alcaide.
¿Aun no acaban mis desdichas?

CLOTALDO

(Dentro.)

Acudid, y vigilantes,
Sin que puedan defenderse,
O prendedles, o matadles.

(Voces dentro.)

¡Traición!

CLARIN

Guardas desta torre,
Que entrar aquí nos dejasteis,
Pues que nos dais a escoger,
El prendernos es más fácil.

(Salen Clotaldo y los soldados: él con una pistola, y todos con los rostros cubiertos.)

CLOTALDO

(Aparte a los soldados al salir.)

Todos os cubrid los rostros;
Que es diligencia importante
Mientras estamos aquí
Que no nos conozca nadie.

CLARIN

¿Enmascaraditos hay?

CLOTALDO

¡Oh! vosotros que, ignorantes,
De aqueste vedado sitio
Coto y término pasasteis
Contra el decreto del Rey,
Que manda que no ose nadie
Examinar el prodigio
Que entre esos peñascos yace,

Rendid las armas y vidas,
O aquesta pistola, áspid
De metal, escupirá
El veneno penetrante
De dos balas, cuyo fuego
Será escándalo del aire.

SEGISMUNDO

Primero, tirano dueño,
Que los ofendas ni agravies,
Será mi vida despojo
Destos lazos miserables;
Pues en ellos ¡vive Dios!
Tengo de despedazarme
Con las manos, con los dientes,
Entre aquestas peñas, antes
Que su desdicha consienta
Y que llore sus ultrajes.

CLOTALDO

Si sabes que tus desdichas,
Segismundo, son tan grandes,
Que antes de nacer moriste
Por ley del cielo; si sabes
Que aquestas prisiones son
De tus furias arrogantes

Un freno que las detenga
Y una rueda que las pare,
¿Por qué blasonas?

(A los soldados.)

La puerta
Cerrad de esa estrecha cárcel;
Escondedle en ella.

SEGISMUNDO

¡Ah, cielos,
Qué bien hacéis en quitarme
La libertad! porque fuera
Contra vosotros gigante,
Que para quebrar al sol
Esos vidrios y cristales,
Sobre cimientos de piedra
Pusiera montes de jaspe.

CLOTALDO

Quizá, porque no los pongas,
Hoy padeces tantos males.

*(Llévanse algunos soldados a Segismundo, y enciérranlo en
su prisión.)*

ESCENA IV

ROSAURA, CLOTALDO, CLARIN, soldados.

ROSAURA

Ya que vi que la soberbia
Te ofendió tanto, ignorante
Fuera en no pedirte humilde
Vida que a tus plantas yace.
Muévate en mí la piedad;
Que será rigor notable,
Que no hallen favor en ti
Ni soberbias ni humildades.

CLARIN

Y si humildad ni soberbia
No te obligan, personajes
Que han movido y removido
Mil autos sacramentales,
Yo, ni humilde ni soberbio,
Sino entre las dos mitades
Entreverado, te pido
Que nos remedies y ampares.

CLOTALDO

¡Hola!

SOLDADOS

Señor...

CLOTALDO

A los dos
Quitad las armas, y atadles
Los ojos, porque no vean
Cómo ni de dónde salen.

ROSAURA

Mi espada es ésta, que a ti
Solamente ha de entregarse,
Porque al fin, de todos eres
El principal, y no sabe
Rendirse a menos valor.

CLARIN

La mía es tal, que puede darse
Al más ruin: tomadla vos.

(A un soldado.)

ROSAURA

Y si he de morir, dejarte
Quiero, en fe desta piedad,

Prenda que pudo estimarse
Por el dueño que algún día
Se la ciñó: que la guardes
Te encargo, porque aunque yo
No sé qué secreto alcance,
Sé que esta dorada espada
Encierra misterios grandes,
Pues sólo fiado en ella
Vengo a Polonia a vengarme
De un agravio.

CLOTALDO

(Aparte.)

¡Santos cielos!
¡Qué es esto! Ya son más graves
Mis penas y confusiones,
Mis ansias y mis pesares.
¿Quién te la dió?

ROSAURA

Una mujer.

CLOTALDO

¿Cómo se llama?

ROSAURA

Que calle
Su nombre es fuerza.

CLOTALDO

¿De qué
Infieres ahora, o sabes,
Que hay secreto en esta espada?

ROSAURA

Quien me la dió, dijo: "Parte
A Polonia, y solicita
Con ingenio, estudio o arte,
Que te vean esa espada
Los nobles y principales,
Que yo sé que alguno dellos
Te favorezca y ampare";
Que por si acaso era muerto,
No quiso entonces nombrarle.

CLOTALDO
(Aparte.)

¡Válgame el cielo, qué escucho!
Aun no sé determinarme
Si tales sucesos son
Ilusiones o verdades.

Esta es la espada que yo
Dejé a la hermosa Violante.
Por señas que el que ceñida
La trajera había de hallarme
Amoroso como hijo
Y piadoso como padre.
¿Pues qué he de hacer (¡ay de mí!)
En confusión semejante,
Si quien la trae por favor,
Para su muerte la trae,
Pues que sentenciado a muerte
Llega a mis pies? ¡Qué notable
Confusión! ¡Qué triste hado!
¡Qué suerte tan inconstante!
Este es mi hijo, y las señas
Dicen bien con las señales
Del corazón, que por verlo
Llama al pecho y en él bate
Las alas, y no pudiendo
Romper los candados, hace
Lo que aquel que está encerrado,
Y oyendo ruido en la calle
Se asoma por la ventana:
El así, como no sabe
Lo que pasa, y oye el ruido,
Va a los ojos a asomarse,
Que son ventanas del pecho
Por donde en lágrimas sale.

¿Qué he de hacer? (¡valedme, cielos!).
¿Qué he de hacer? Porque llevarle
Al Rey, es llevarle (¡ay, triste!)
A morir. Pues ocultarle
Al Rey, no puedo, conforme
A la ley del homenaje.
De una parte el amor propio,
Y la lealtad de otra parte
Me rinden. Pero ¿qué dudo?
La lealtad del Rey ¿no es antes
Que la vida y que el honor?
Pues ella viva y él falte.
Fuera de que si ahora atiendo
A que dijo que a vengarse
Viene de un agravio, hombre
Que está agraviado, es infame.
No es mi hijo, no es mi hijo,
Ni tiene mi noble sangre.
Pero si ya ha sucedido
Un peligro, de quien nadie
Se libró, porque el honor
Es de materia tan frágil
Que con una acción se quiebra
O se mancha con un aire,
¿Qué más puede hacer, qué más,
El que es noble, de su parte,
Que a costa de tantos riesgos

Haber venido a buscarle?
Mi hijo es, mi sangre tiene,
Pues tiene valor tan grande;
Y así, entre una y otra duda
El medio más importante
Es irme al Rey y decirle
Que es mi hijo y que le mate.
Quizá la misma piedad
De mi honor podrá obligarle;
Y si le merezco vivo,
Yo le ayudaré a vengarse
De su agravio; mas si el Rey,
En sus rigores constante,
Le da muerte, morirá
Sin saber que soy su padre.

(A Rosaura y Clarín.)

Venid conmigo, extranjeros,
No temáis, no, de que os falte
Compañía en las desdichas,
Pues en duda semejante
De vivir o de morir
No sé cuáles son más grandes.

(Vanse.)

ESCENA V

Salón del Palacio Real en la corte

ASTOLFO y soldados que salen por un lado, y por el otro la INFANTA ESTRELLA y damas. Música militar, dentro, y salvas.

ASTOLFO

Bien al ver los excelentes
Rayos, que fueron cometas,
Mezclan salvas diferentes
Las cajas y las trompetas,
Los pájaros y las fuentes;
Siendo con música igual,
Y con maravilla suma,
A tu vista celestial
Unos, clarines de pluma,
Y otras, aves de metal;
Y así os saludan, señora,
Como a su reina las balas,
Los pájaros como Aurora,
Las trompetas como a Palas
Y las flores como a Flora;
Porque sois, burlando el día

Que ya la noche destierra,
Aurora en la alegría,
Flora en paz, Palas en guerra,
Y reina en el alma mía.

ESTRELLA

Si la voz se ha de medir
Con las acciones humanas,
Mal habéis hecho en decir
Finezas tan cortesanas,
Donde os pueda desmentir
Todo ese marcial trofeo
Con quien ya atrevida lucho;
Pues no dicen, según creo,
Las lisonjas que os escucho,
Con los rigores que veo.
Y advertid que es baja acción,
Que sólo a una fiera toca,
Madre de engaño y traición,
El halagar con la boca
Y matar con la intención.

ASTOLFO

Muy mal informada estáis,
Estrella, pues que la fe
De mis finezas dudáis,

Y os suplico que me oigáis
La causa, a ver si la sé.
Falleció Eustorgio tercero,
Rey de Polonia, y quedó
Basilio por heredero,
Y dos hijas, de quien yo
Y vos nacimos. – No quiero
Cansaros con lo que tiene
Lugar aquí. – Clorilene,
Vuestra madre y mi señora,
Que en mejor imperio ahora
Dosel de luceros tiene,
Fué la mayor, de quien vos
Sois hija; fué la segunda,
Madre y tía de los dos,
La gallarda Recisunda,
Que guarde mil años Dios;
Casó en Moscovia, de quien
Nací yo. Volver ahora
Al otro principio es bien.
Basilio, que ya, señora,
Se rinde al común desdén
Del tiempo, más inclinado
A los estudios que dado
A mujeres, enviudó
Sin hijos, y vos y yo

Aspiramos a este Estado.
Vos alegáis que habéis sido
Hija de hermana mayor;
Yo, que varón he nacido,
Y aunque de hermana menor,
Os debo ser preferido.
Vuestra intención y la mía
A nuestro tío contamos:
El respondió que quería
Componernos, y aplazamos
Este puesto y este día.
Con esta intención salí
De Moscovia y de su tierra;
Con ésta llegué hasta aquí,
En vez de haceros yo guerra
A que me la hagáis a mí.
¡Oh! quiera Amor, sabio dios,
Que el vulgo, astrólogo cierto,
Hoy lo sea con los dos,
Y que pare este concierto
En que seáis reina vos,
Pero reina en mi albedrío,
Dándoos, para más honor,
Su corona nuestro tío,
Sus triunfos vuestro valor
Y su imperio el amor mío.

ESTRELLA

A tan cortés bizarría
Menos mi pecho no muestra,
Pues la imperial monarquía,
Para sólo hacerla vuestra
Me holgara que fuera mía;
Aunque no esté satisfecho
Mi amor de que sois ingrato,
Si en cuanto decís, sospecho
Que os desmiente ese retrato
Que está pendiente del pecho.

ASTOLFO

Satisfaceros intento
Con él... Más lugar no da
Tanto sonoro instrumento,

(Tocan cajas.)

Que avisa que sale ya
El Rey con su parlamento.

ESCENA VI

EL REY BASILIO y acompañamiento. ASTOLFO,
ESTRELLA, damas y soldados.

ESTRELLA

Sabio Tales...

ASTOLFO

Docto Euclides...

ESTRELLA

Que entre signos...

ASTOLFO

Que entre estrellas...

ESTRELLA

Hoy gobiernas...

ASTOLFO

Hoy resides...

ESTRELLA

Y sus caminos…

ASTOLFO

Sus huellas…

ESTRELLA

Describes…

ASTOLFO

Tasas y mides…

ESTRELLA

Deja que en humildes lazos…

ASTOLFO

Deja que en tiernos abrazos…

ESTRELLA

Hiedra dese tronco sea.

ASTOLFO

Rendido a tus pies me vea.

BASILIO

Sobrinos, dadme los brazos,
Y creed, pues que leales
A mi precepto amoroso
Venís con afectos tales,
Que a nadie deje quejoso
Y los dos quedéis iguales:
Y así, cuando me confieso
Rendido al prolijo peso,
Sólo os pido en la ocasión
Silencio, que admiración
Ha de pedirla el suceso.
Ya sabéis, (estadme atentos,
Amados sobrinos míos,
Corte ilustre de Polonia,
Vasallos, deudos y amigos),
Ya sabéis que yo en el mundo
Por mi ciencia he merecido
El sobrenombre de docto,
Pues, contra el tiempo y olvido,
Los pinceles de Timantes,
Los mármoles de Lisipo,
En el ámbito del orbe
Me aclaman el gran Basilio.
Ya sabéis que son las ciencias
Que más curso y más estimo,

Matemáticas sutiles,
Por quien al tiempo le quito,
Por quien a la fama rompo
La jurisdicción y oficio
De enseñar más cada día;
Pues cuando en mis tablas miro
Presentes las novedades
De los venideros siglos,
Le gano al tiempo las gracias
De contar lo que yo he dicho.
Esos círculos de nieve,
Esos doseles de vidrio
Que el sol ilumina a rayos,
Que parte la luna a giros;
Esos orbes de diamantes,
Esos globos cristalinos
Que las estrellas adornan
Y que campean los signos,
Son el estudio mayor
De mis años, son los libros
Donde en papel de diamante,
En cuadernos de zafiro,
Escribe con líneas de oro,
En caracteres distintos,
El cielo nuestros sucesos,
Ya adversos o ya benignos.
Estos leo tan veloz,
Que con mi espíritu sigo

Sus rápidos movimientos
Por rumbos y por caminos.
¡Pluguiera al cielo, primero
Que mi ingenio hubiera sido
De sus márgenes comento
Y de sus hojas registro,
Hubiera sido mi vida
El primero desperdicio
De sus iras, y que en ellas
Mi tragedia hubiera sido,
Porque de los infelices
Aun el mérito es cuchillo,
Que a quien le daña el saber
Homicida es de sí mismo!
Dígalo yo, aunque mejor
Lo dirán sucesos míos,
Para cuya admiración
Otra vez silencio os pido.
En Clorilene, mi esposa,
Tuve un infelice hijo,
En cuyo parto los cielos
Se agotaron de prodigios.
Antes que a la luz hermosa
Le diese el sepulcro vivo
De un vientre (porque el nacer
Y el morir son parecidos),
Su madre infinitas veces,
Entre ideas y delirios

Del sueño, vió que rompía
Sus entrañas atrevido
Un monstruo en forma de hombre,
Y entre su sangre teñido,
La daba muerte, naciendo
Víbora humana del siglo.
Llegó de su parto el día,
Y los presagios cumplidos
(Porque tarde o nunca son
Mentirosos los impíos),
Nació en horóscopo tal,
Que el sol, en su sangre tinto,
Entraba sañudamente
Con la luna en desafío;
Y siendo valla la tierra,
Los dos faroles divinos
A luz entera luchaban,
Ya que no a brazo partido.
El mayor, el más horrendo
Eclipse que ha padecido
El sol, después que con sangre
Lloró la muerte de Cristo,
Este fué, porque anegado
El orbe en incendios vivos,
Presumió que padecía
El último parasismo:

Los cielos se obscurecieron,
Temblaron los edificios,
Llovieron piedra las nubes,
Corrieron sangre los ríos.
En aqueste, pues, del sol
Ya frenesí, o ya delirio,
Nació Segismundo, dando
De su condición indicios.
Pues dió la muerte a su madre,
Con cuya fiereza dijo:
Hombre soy, pues, que ya empiezo
A pagar mal beneficios.
Yo, acudiendo a mis estudios,
En ellos y en todo miro
Que Segismundo sería
El hombre más atrevido,
El príncipe más cruel
Y el monarca más impío,
Por quien su reino vendría
A ser parcial y diviso,
Escuela de las traiciones
Y academia de los vicios;
Y él, de su furor llevado,
Entre asombros y delitos,
Había de poner en mí
Las plantas, y yo, rendido,
A sus pies me había de ver,
(¡Con qué vergüenza lo digo!)

Siendo alfombra de sus plantas
Las canas del rostro mío.
¿Quién no da crédito al daño,
Y más al daño que ha visto
En su estudio, donde hace
El amor propio su oficio?
Pues dando crédito yo
A los hados, que divinos
Me pronosticaban daños
En fatales vaticinios,
Determiné de encerrar
La fiera que había nacido,
Por ver si el sabio tenía
En las estrellas dominio.
Publicóse que el infante
Nació muerto, y prevenido
Hice labrar una torre
Entre las peñas y riscos
De esos montes, donde apenas
La luz ha hallado camino,
Por defenderle la entrada
Sus rústicos obeliscos.
Las graves penas y leyes,
Que con públicos edictos
Declararon que ninguno
Entrase a un vedado sitio

Del monte, se ocasionaron
De las causas que os he dicho.
Allí Segismundo vive
Mísero, pobre y cautivo,
Adonde sólo Clotaldo
Le ha hablado, tratado y visto.
Este le ha enseñado ciencias;
Este en la ley le ha instruído
Católica, siendo solo
De sus miserias testigo.
Aquí hay tres cosas: la una
Que yo, Polonia, os estimo
Tanto, que os quiero librar
De la opresión y servicio
De un rey tirano, porque
No fuera señor benigno
El que a su patria y su imperio
Pusiera en tanto peligro.
La otra es considerar
Que si a mi sangre le quito
El derecho que le dieron
Humano fuero y divino,
No es cristiana caridad;
Pues ninguna ley ha dicho
Que por reservar yo a otro
De tirano y de atrevido,
Pueda yo serlo, supuesto

Que si es tirano mi hijo,
Porque él delitos no haga,
Vengo yo a hacer los delitos.
Es la última y tercera
El ver cuánto yerro ha sido
Dar crédito fácilmente
A los sucesos previstos;
Pues aunque su inclinación
Le dicte sus precipicios,
Quizá no le vencerán,
Porque el hado más esquivo,
La inclinación más violenta,
El planeta más impío,
Sólo el albedrío inclinan,
No fuerzan el albedrío.
Y así, entre una y otra causa
Vacilante y discursivo,
Previne un remedio tal,
Que os suspenda los sentidos.
Yo he de ponerle mañana,
Sin que él sepa que es mi hijo
Y rey vuestro, a Segismundo
(Que aqueste su nombre ha sido)
En mi dosel, en mi silla,
Y en fin, en el lugar mío,
Donde os gobierne y os mande,

Y donde todos rendidos
La obediencia le juréis;
Pues con aquesto consigo
Tres cosas, con que respondo
A las otras tres que he dicho.
Es la primera, que siendo
Prudente, cuerdo y benigno,
Desmintiendo en todo al hado
Que dél tantas cosas dijo,
Gozaréis el natural
Príncipe vuestro, que ha sido
Cortesano de unos montes
Y de sus fieras vecino.
Es la segunda, que si él
Soberbio, osado, atrevido
Y cruel, con rienda suelta
Corre el campo de sus vicios,
Habré yo piadoso entonces
Con mi obligación cumplido;
Y luego en desposeerle
Haré como rey invicto,
Siendo el volverle a la cárcel
No crueldad, sino castigo.
Es la tercera, que siendo
El príncipe como os digo,
Por lo que os amo, vasallos,

Os daré reyes más dignos
De la corona y el cetro;
Pues serán mis dos sobrinos,
Que junto en uno el derecho
De los dos, y convenidos
Con la fe del matrimonio,
Tendrán lo que han merecido.
Esto como rey os mando,
Esto como padre os pido,
Esto como sabio os ruego,
Esto como anciano os digo;
Y si el Séneca español,
Que era humilde esclavo, dijo,
De su república un rey,
Como esclavo os lo suplico.

ASTOLFO

Si a mí el responder me toca,
Como el que en efecto ha sido
Aquí el más interesado,
En nombre de todos digo,
Que Segismundo parezca,
Pues le basta ser tu hijo.

TODOS

Danos al príncipe nuestro,
Que ya por rey le pedimos.

BASILIO

Vasallos, esa fineza
Os agradezco y estimo.
Acompañad a sus cuartos
A los dos atlantes míos,
Que mañana le veréis.

TODOS

¡Viva el grande Rey Basilio!

*(Entranse todos acompañando a Estrella y a Astolfo;
quédase el Rey.)*

ESCENA VII

CLOTALDO, ROSAURA, CLARIN. — BASILIO.

CLOTALDO

(Al Rey.)

¿Podréte hablar?

BASILIO

¡Oh, Clotaldo!
Tú seas muy bien venido.

CLOTALDO

Aunque viniendo a tus plantas

Era fuerza haberlo sido,
Esta vez rompe, señor,
El hado triste y esquivo
El privilegio a la ley
Y a la costumbre el estilo.

BASILIO

¿Qué tienes?

CLOTALDO

Una desdicha,
Señor, que me ha sucedido,
Cuando pudiera tenerla
Por el mayor regocijo.

BASILIO

Prosigue.

CLOTALDO

Este bello joven,
Osado o inadvertido,
Entró en la torre, señor,
Adonde al Príncipe ha visto,
Y es...

BASILIO

No os aflijáis, Clotaldo:
Si otro día hubiera sido,
Confieso que lo sintiera;
Pero ya el secreto he dicho,
Y no importa que él lo sepa,
Supuesto que yo lo digo.
Vedme después, porque tengo
Muchas cosas que advertiros
Y muchas que hagáis por mí;
Que habéis de ser, os aviso,
Instrumento del mayor
Suceso que el mundo ha visto:
Y a esos presos, porque al fin
No presumáis que castigo
Descuidos vuestros, perdono.

(Vase.)

CLOTALDO

¡Vivas, gran señor, mil siglos!

ESCENA VIII

CLOTALDO, ROSAURA, CLARIN.

CLOTALDO

(Aparte.)

(Mejoró el cielo la suerte:
Ya no diré que es mi hijo,

Pues que lo puedo excusar.)
Extranjeros peregrinos,
Libres estáis.

ROSAURA

Tus pies beso
Mil veces.

CLARIN

Y yo los viso,
Que una letra más o menos
No reparan dos amigos.

ROSAURA

La vida, señor, me has dado;
Y pues a tu cuenta vivo,
Eternamente seré
Esclavo tuyo.

CLOTALDO

No ha sido
Vida la que yo te he dado,
Porque un hombre bien nacido,
Si está agraviado, no vive;
Y supuesto que has venido

A vengarte de un agravio,
Según tú propio me has dicho,
No te he dado vida yo,
Porque tú no la has traído,
Que vida infame no es vida.

(Aparte.)

Bien con aquesto le animo.

ROSAURA

Confieso que no la tengo,
Aunque de ti la recibo;
Pero yo con la venganza
Dejaré mi honor tan limpio,
Que pueda mi vida luego,
Atropellando peligros,
Parecer dádiva tuya.

CLOTALDO

Toma el acero bruñido
Que trajiste; que yo sé
Que él baste, en sangre teñido
De tu enemigo, a vengarte;
Porque acero que fué mío
(Digo este instante, este rato
Que en mi poder le he tenido),
Sabrá vengarte.

ROSAURA

En tu nombre
Segunda vez me le ciño,
Y en él juro mi venganza,
Aunque fuese mi enemigo
Más poderoso.

CLOTALDO

¿Es lo mucho?

ROSAURA

Tanto, que no te lo digo,
No porque de tu prudencia
Mayores cosas no fío,
Sino porque no se vuelva
Contra mí el favor que admiro
En tu piedad.

CLOTALDO

Antes fuera
Ganarme a mí con decirlo;
Pues fuera cerrarme el paso
De ayudar a tu enemigo.

(Aparte.)

¡Oh si supiera quién es!

ROSAURA

Porque no pienses que estimo
Tan poco esa confianza,
Sabe que el contrario ha sido
No menos que Astolfo, duque
De Moscovia.

CLOTALDO

(Aparte.)

Mal resisto
El dolor, porque es más grave,
Que fué imaginado, visto.
Apuremos más el caso.

(En alta voz.)

Si moscovita has nacido,
El que es natural señor,
Mal agraviarte ha podido;
Vuélvete a tu patria, pues,
Y deja el ardiente brío
Que te despeña.

ROSAURA

Yo sé
Que aunque mi príncipe ha sido,
Pudo agraviarme.

CLOTALDO

No pudo,
Aunque pusiera atrevido
La mano en tu rostro.

(Aparte.)

¡Ay, cielos!

ROSAURA

Mayor fué el agravio mío.

CLOTALDO

Dilo ya, pues que no puedes
Decir más que yo imagino.

ROSAURA

Sí dijera; mas no sé
Con qué respeto te miro,
Con qué afecto te venero,
Con qué estimación te asisto,
Que no me atrevo a decirte
Que es este exterior vestido
Enigma, pues no es de quien
Parece: juzga advertido,
Si no soy lo que parezco

Y Astolfo a casarse vino
Con Estrella, si podrá
Agraviarme. Harto te he dicho.

(Vanse Rosaura y Clarín.)

CLOTALDO

¡Escucha, aguarda, detente!
¿Qué confuso laberinto
Es éste, donde no puede
Hallar la razón el hilo?
Mi honor es el agraviado,
Poderoso el enemigo,
Yo vasallo, ella mujer:
Descubra el cielo camino;
Aunque no sé si podrá,
Cuando en tan confuso abismo
Es todo el cielo un presagio,
Y es todo el mundo un prodigio.

(Telón.)

JORNADA SEGUNDA

ESCENA I

BASILIO, CLOTALDO

CLOTALDO

Todo, como lo mandaste,
Queda efectuado.

BASILIO

        Cuenta,
Clotaldo, cómo pasó.

CLOTALDO

Fué, señor, desta manera:
Con la apacible bebida
Que de confecciones llena
Hacer mandaste, mezclando
La virtud de algunas hierbas,
Cuyo tirano poder
Y cuya secreta fuerza
Así al humano discurso

Priva, roba y enajena,
Que deja vivo cadáver
A un hombre, y cuya violencia,
Adormecido, le quita
Los sentidos y potencias...
No tenemos que argüir,
Que aquesto posible sea,
Pues tantas veces, señor,
Nos ha dicho la experiencia,
Y es cierto, que de secretos
Naturales está llena
La Medicina, y no hay
Animal, planta ni piedra
Que no tenga calidad
Determinada, y si llega
A examinar mil venenos
La humana malicia nuestra
Que den la muerte, ¿qué mucho
Que, templada su violencia,
Pues hay venenos que maten,
Haya venenos que aduerman?
Dejando aparte el dudar,
Si es posible que suceda,
Pues que ya queda probado
Con razones y evidencias...

Con la bebida, en efecto,
Que el opio, la adormidera
Y el beleño compusieron,
Bajé a la cárcel estrecha
De Segismundo, y con él
Hablé un rato de las letras
Humanas, que le ha enseñado
La muda naturaleza
De los montes y los cielos,
En cuya divina escuela
La retórica aprendió
De las aves y las fieras.
Para levantarle más
El espíritu a la empresa
Que solicitas, tomé
Por asunto la presteza
De un águila caudalosa,
Que despreciando la esfera
Del viento, pasaba a ser
En las regiones supremas
Del fuego, rayo de pluma,
O desasido cometa.
Encarecí el vuelo altivo
Diciendo: "Al fin eres reina
De las aves, y así, a todas

Es justo que las prefieras".
El no hubo menester más;
Que en tocando esta materia
De la majestad, discurre
Con ambición y soberbia:
Porque, en efecto, la sangre
Le incita, mueve y alienta
A cosas grandes, y dijo:
"¡Que en la república inquieta
De las aves también haya
Quien les jure la obediencia!
En llegando a este discurso,
Mis desdichas me consuelan;
Pues, por lo menos, si estoy
Sujeto, lo estoy por fuerza;
Porque voluntariamente
A otro hombre no me rindiera".
Viéndole ya enfurecido
Con esto, que ha sido el tema
De su dolor, le brindé
Con la pócima, y apenas
Pasó desde el vaso al pecho
El licor, cuando las fuerzas
Rindió al sueño, discurriendo
Por los miembros y las venas
Un sudor frío, de modo

Que, a no saber yo que era
Muerte fingida, dudara
De su vida. En esto llegan
Las gentes de quien tú fías
El valor desta experiencia,
Y poniéndole en un coche,
Hasta tu cuarto le llevan,
Donde prevenida estaba
La majestad y grandeza
Que es digna de su persona.
Allí en tu cama le acuestan,
Donde al tiempo que el letargo
Haya perdido la fuerza,
Como a ti mismo, señor,
Le sirvan, que así lo ordenas.
Y si haberte obedecido
Te obliga a que yo merezca
Galardón, sólo te pido
(Perdona mi inadvertencia)
Que me digas, ¿qué es tu intento,
Trayendo desta manera
A Segismundo a palacio?

BASILIO

Clotaldo, muy justa es esa
Duda que tienes, y quiero

Sólo a ti satisfacerla.
A Segismundo, mi hijo,
El influjo de su estrella
(Bien lo sabes) amenaza
Mil desdichas y tragedias:
Quiero examinar si el cielo,
Que no es posible que mienta,
Y más habiéndonos dado
De su rigor tantas muestras,
En su crüel condición,
O se mitiga, o se templa
Por lo menos, y vencido
Con valor y con prudencia
Se desdice; porque el hombre
Predomina en las estrellas.
Esto quiero examinar,
Trayéndole donde sepa
Que es mi hijo, y donde haga
De su talento la prueba.
Si magnánimo la vence,
Reinará; pero si muestra
El ser crüel y tirano,
Le volveré a su cadena.
Ahora preguntarás,
Que para aquesta experiencia,
¿Qué importó haberle traído
Dormido desta manera?

Y quiero satisfacerte,
Dándote a todo respuesta.
Si él supiera que es mi hijo
Hoy, y mañana se viera
Segunda vez reducido
A su prisión y miseria,
Cierto es de su condición
Que desesperara en ella;
Porque sabiendo quién es,
¿Qué consuelo habrá que tenga?
Y así he querido dejar
Abierta al daño la puerta
Del decir que fué soñado
Cuanto vió. Con esto llegan
A examinarse dos cosas:
Su condición, la primera;
Pues él, despierto, procede
En cuanto imagina y piensa;
Y el consuelo, la segunda;
Pues aunque ahora se vea
Obedecido, y después
A sus prisiones se vuelva,
Podrá entender que soñó,
Y hará bien cuando lo entienda;
Porque en el mundo, Clotaldo,
Todos los que viven sueñan.

CLOTALDO

Razones no me faltaran
Para probar que no aciertas;
Mas ya no tiene remedio;
Y según dicen las señas,
Parece que ha despertado,
Y hacia nosotros se acerca.

BASILIO

Yo me quiero retirar:
Tú, como ayo suyo, llega,
Y de tantas confusiones
Como su discurso cercan,
Le saca con la verdad.

CLOTALDO

¿En fin, que me das licencia
Para que lo diga?

BASILIO

Sí;
Que podrá ser, con saberla,
Que, conocido el peligro,
Más fácilmente se venza.

(Vase.)

ESCENA II

CLARIN. — CLOTALDO

CLARIN
(Aparte.)

A costa de cuatro palos
Que el llegar aquí me cuesta,
De un alabardero rubio
Que barbó de su librea,
Tengo de ver cuanto pasa:
Que no hay ventana más cierta
Que aquella que, sin rogar
A un ministro de boletas,
Un hombre se trae consigo;
Pues para todas las fiestas,
Despojado y despejado
Se asoma a su desvergüenza.

CLOTALDO
(Aparte.)

Este es Clarín, el criado
De aquella, ¡ay cielos!, de aquella

Que, tratante de desdichas,
Pasó a Polonia mi afrenta.

(En alta voz.)

Clarín, ¿qué hay de nuevo?

CLARIN

Hay,
Señor, que tu gran clemencia,
Dispuesta a vengar agravios
De Rosaura, la aconseja
Que tome su propio traje.

CLOTALDO

Y es bien, porque no parezca
Liviandad.

CLARIN

Hay, que mudando
Su nombre, y tomando cuerda
Nombre de sobrina tuya,
Hoy tanto honor se acrecienta,
Que dama en palacio ya
De la singular Estrella
Vive.

CLOTALDO

Es bien que de una vez
Tome su honor por mi cuenta.

CLARIN

Hay, que ella está esperando
Que ocasión y tiempo venga
En que vuelvas por su honor.

CLOTALDO

Prevención segura es ésa;
Que al fin el tiempo ha de ser
Quien haga esas diligencias.

CLARIN

Hay, que ella está regalada,
Servida como una reina,
En fe de sobrina tuya.
Y hay, que viniendo con ella,
Estoy yo muriendo de hambre
Y nadie de mí se acuerda,
Sin mirar que soy Clarín,
Y que si el tal Clarín suena,

Podrá decir cuanto pasa
Al Rey, a Astolfo y a Estrella;
Porque Clarín y criado
Son dos cosas que se llevan
Con el secreto muy mal;
Y podrá ser, si me deja
El silencio de su mano,
Se cante por mí esta letra:
Clarín que rompe el albor,
No suena mejor.

CLOTALDO

Tu queja está bien fundada;
Yo satisfaré tu queja,
Y en tanto, sírveme a mí.

CLARIN

Pues ya Segismundo llega.

ESCENA III

Músicos cantando, y criados dando de vestir a SEGISMUN-
DO que sale como asombrado. — CLOTALDO, CLARIN.

SEGISMUNDO

¡Válgame el cielo, qué veo!
¡Válgame el cielo, qué miro!

Con poco espanto lo admiro,
Con mucha duda lo creo.
¿Yo en palacios suntuosos?
¿Yo entre telas y brocados?
¿Yo cercado de criados
Tan lucidos y briosos?
¿Yo despertar de dormir
En lecho tan excelente?
¿Yo en medio de tanta gente
Que me sirva de vestir?
Decir que sueño es engaño:
Bien sé que despierto estoy.
¿Yo Segismundo no soy?
Dadme, cielos, desengaño.
Decidme, ¿qué pudo ser
Esto que a mi fantasía
Sucedió mientras dormía,
Que aquí me he llegado a ver?
Pero sea lo que fuere,
¿Quién me mete en discurrir?
Dejarme quiero servir,
Y venga lo que viniere.

CRIADO 1.º

(Aparte al criado 2.º y a Clarín.)

¡Qué melancólico está!

CRIADO 2.º

¿Pues a quién le sucediera
Esto, que no lo estuviera?

CLARIN

A mí.

CRIADO 2.º

Llega a hablarle ya.

CRIADO 1.º

(A Segismundo.)

¿Volverán a cantar?

SEGISMUNDO

No.
No quiero que canten más.

CRIADO 2.º

Como tan suspenso estás,
Quise divertirte.

SEGISMUNDO

Yo
No tengo de divertir

Con sus voces mis pesares;
Las músicas militares
Sólo he gustado de oír.

CLOTALDO

Vuestra Alteza, gran señor,
Me dé su mano a besar,
Que el primero os ha de dar
Esta obediencia mi honor.

SEGISMUNDO

(Aparte.)

Clotaldo es: ¿pues cómo así,
Quien en prisión me maltrata,
Con tal respeto me trata?
¿Qué es lo que pasa por mí?

CLOTALDO

Con la grande confusión
Que el nuevo estado te da,
Mil dudas padecerá
El discurso y la razón;
Pero ya librarte quiero
De todas (si puede ser),

Porque has, señor, de saber
Que eres príncipe heredero
De Polonia. Si has estado
Retirado y escondido,
Por obedecer ha sido
A la inclemencia del hado,
Que mil tragedias consiente
A este imperio, cuando en él
El soberano laurel
Corone tu augusta frente.
Mas fiando a tu atención
Que vencerás las estrellas,
Porque es posible vencellas
Un magnánimo varón,
A palacio te han traído
De la torre en que vivías,
Mientras al sueño tenías
El espíritu rendido.
Tu padre, el Rey mi señor,
Vendrá a verte, y dél sabrás,
Segismundo, lo demás.

SEGISMUNDO

Pues vil, infame, traidor,
¿Qué tengo más que saber,
Después de saber quien soy,

Para mostrar desde hoy
Mi soberbia y mi poder?
¿Cómo a tu patria le has hecho
Tal traición, que me ocultaste
A mí, pues que me negaste,
Contra razón y derecho,
Este estado?

CLOTALDO

¡Ay de mí, triste!

SEGISMUNDO

Traidor fuiste con la ley,
Lisonjero con el Rey,
Y crüel conmigo fuiste:
Y así el Rey, la ley y yo,
Entre desdichas tan fieras,
Te condenan a que mueras
A mis manos.

CRIADO 2.º

Señor...

SEGISMUNDO

No

Me estorbe nadie, que es vana
Diligencia, ¡y vive Dios!,
Si os ponéis delante vos,
Que os eche por la ventana.

CRIADO 2.º

Huye, Clotaldo.

CLOTALDO

¡Ay de ti,
Qué soberbia vas mostrando,
Sin saber que estás soñando!

(Vase.)

CRIADO 2.º

Advierte...

SEGISMUNDO

Aparta de aquí.

CRIADO 2.º

Que a su Rey obedeció.

SEGISMUNDO

En lo que no es justa ley
No ha de obedecer al Rey,
Y su príncipe era yo.

CRIADO 2.º

El no debió examinar
Si era bien hecho o mal hecho.

SEGISMUNDO

Que estáis mal con vos sospecho,
Pues me dais que replicar.

CLARIN

Dice el Príncipe muy bien,
Y vos hicisteis muy mal.

CRIADO 2.º

¿Quién os dió licencia igual?

CLARIN

Yo me la he tomado.

SEGISMUNDO

¿Quién

Eres tú, di?

CLARIN

Entremetido.
Y deste oficio soy jefe,
Porque soy el mequetrefe
Mayor que se ha conocido.

SEGISMUNDO

Tú sólo en tan nuevos mundos
Me has agradado.

CLARIN

Señor,
Soy un grande agradador
De todos los Segismundos.

ESCENA IV

ASTOLFO. — SEGISMUNDO, CLARIN, criados, músicos.

ASTOLFO

¡Feliz mil veces el día,
Oh príncipe, que os mostráis,
Sol de Polonia, y llenáis
De resplandor y alegría
Todos esos horizontes
Con tan divino arrebol;
Pues que salís como el sol
De los senos de los montes!
Salid, pues, y aunque tan tarde
Se corona vuestra frente
Del laurel resplandeciente,
Tarde muera.

SEGISMUNDO

Dios os guarde.

ASTOLFO

El no haberme conocido
Sólo por disculpa os doy

De no honrarme más. Yo soy
Astolfo, duque he nacido
De Moscovia, y primo vuestro:
Haya igualdad en los dos.

SEGISMUNDO

Si digo que os guarde Dios,
¿Bastante agrado no os muestro?
Pero ya que haciendo alarde
De quien sois, desto os quejáis,
Otra vez que me veáis,
Le diré a Dios que no os guarde.

CRIADO 2.º

(A Astolfo.)

Vuestra Alteza considere
Que como en montes nacido
Con todos ha procedido.

(A Segismundo.)

Astolfo, señor, prefiere...

SEGISMUNDO

Cansóme como llegó
Grave a hablarme, y lo primero
Que hizo, se puso el sombrero.

CRIADO 2.º

Es grande.

SEGISMUNDO

Mayor soy yo.

CRIADO 2.º

Con todo eso, entre los dos
Que haya más respeto es bien
Que entre los demás.

SEGISMUNDO

¿Y quién
Os mete conmigo a vos?

ESCENA V

ESTRELLA. — Dichos.

ESTRELLA

Vuestra Alteza, señor, sea
Muchas veces bien venido
Al dosel que agradecido

Le recibe y le desea,
Adonde, a pesar de engaños,
Viva augusto y eminente,
Donde su vida se cuente
Por siglos, y no por años.

SEGISMUNDO

(A Clarin.)

Dime tú ahora, ¿quién es
Esta beldad soberana?
¿Quién es esta diosa humana,
A cuyos divinos pies
Postra el cielo su arrebol?
¿Quién es esta mujer bella?

CLARIN

Es, señor, tu prima Estrella.

SEGISMUNDO

Mejor dijeras el sol,

(A Estrella.)

Aunque el parabién es bien
Darme del bien que conquisto,
De sólo haberos hoy visto
Os admito el parabién;

Y así, de llegarme a ver
Con el bien que no merezco,
El parabién agradezco,
· Estrella, que amanecer
Podéis, y dar alegría
Al más luciente farol.
¿Qué dejáis que hacer al sol,
Si os levantáis con el día?
Dadme a besar vuestra mano,
En cuya copa de nieve
El aura candores bebe.

ESTRELLA

Sed más galán cortesano.

ASTOLFO

(Aparte.)

¡Soy perdido!

CRIADO 2.º

(Aparte.)

El pesar sé
De Astolfo, y le estorbaré.
Advierte, señor, que no
Es justo atreverse así,
Y estando Astolfo...

SEGISMUNDO

¿No digo
Que vos no os metáis conmigo?

CRIADO 2.º

Digo lo que es justo.

SEGISMUNDO

A mí
Todo eso me causa enfado.
Nada me parece justo
En siendo contra mi gusto.

CRIADO 2.º

Pues yo, señor, he escuchado
De ti que en lo justo es bien
Obedecer y servir.

SEGISMUNDO

También oíste decir
Que por un balcón, a quien
Me canse, sabré arrojar.

CRIADO 2.º

Con los hombres como yo
No puede hacerse eso.

SEGISMUNDO

¿No?
¡Por Dios que lo he de probar!

(Cógele en los brazos y éntrase, y todos tras él, volviendo a salir inmediatamente.)

ASTOLFO

¿Qué es esto que llego a ver?

ESTRELLA

Idle todos a estorbar.

(Vase.)

SEGISMUNDO

(Volviendo.)

Cayó del balcón al mar:
¡Vive Dios que pudo ser!

ASTOLFO

Pues medid con más espacio
Vuestras acciones severas,
Que lo que hay de hombres a fieras,
Hay desde un monte a un palacio.

SEGISMUNDO

Pues en dando tan severo
En hablar con entereza,
Quizá no hallaréis cabeza
En que se os tenga el sombrero.

(Vase Astolfo.)

ESCENA VI

BASILIO. — SEGISMUNDO, CLARIN, criados.

BASILIO

¿Qué ha sido esto?

SEGISMUNDO

Nada ha sido.
A un hombre, que me ha cansado,
Deste balcón he arrojado.

CLARIN

(A Segismundo.)

Que es el Rey está advertido.

BASILIO

¿Tan presto una vida cuesta
Tu venida al primer día?

SEGISMUNDO

Díjome que no podía
Hacerse, y gané la apuesta.

BASILIO

Pésame mucho que cuando,
Príncipe, a verte he venido,
Pensando hallarte advertido,
De hados y estrellas triunfando,
Con tanto rigor te vea,
Y que la primera acción
Que has hecho en esta ocasión,
Un grave homicidio sea.
¿Con qué amor llegar podré
A darte ahora mis brazos,
Si de sus soberbios lazos,

Que están enseñados sé
A dar muerte? ¿Quién llegó
A ver desnudo el puñal
Que dió una herida mortal,
Que no temiese? ¿Quién vió
Sangriento el lugar, adonde
A otro hombre le dieron muerte,
Que no sienta que el más fuerte
A su natural responde?
Yo así, que en tus brazos miro
Desta muerte el instrumento,
Y miro el lugar sangriento,
De tus brazos me retiro;
Y aunque en amorosos lazos
Ceñir tu cuello pensé,
Sin ellos me volveré,
Que tengo miedo a tus brazos.

SEGISMUNDO

Sin ellos me podré estar
Como me he estado hasta aquí;
Que un padre que contra mí
Tanto rigor sabe usar,
Que su condición ingrata
De su lado me desvía,

Como a una fiera me cría,
Y como a un monstruo me trata
Y mi muerte solicita,
De poca importancia fué
Que los brazos no me dé,
Cuando el ser de hombre me quita.

BASILIO

Al cielo y a Dios pluguiera
Que a dártelo no llegara;
Pues ni tu voz escuchara,
Ni tu atrevimiento viera.

SEGISMUNDO

Si no me le hubieras dado,
No me quejara de ti;
Pero una vez dado, sí,
Por habérmele quitado;
Pues aunque el dar la acción es
Más noble y más singular,
Es mayor bajeza el dar,
Para quitarlo después.

BASILIO

¡Bien me agradeces el verte,
De un humilde y pobre preso,
Príncipe ya!

SEGISMUNDO

Pues en eso
¿Qué tengo que agradecerte?
Tirano de mi albedrío,
Si viejo y caduco estás,
¿Muriéndote, qué me das?
¿Dasme más de lo que es mío?
Mi padre eres y mi rey;
Luego toda esta grandeza
Me da la naturaleza
Por derecho de su ley.
Luego aunque esté en tal estado,
Obligado no te quedo,
Y pedirte cuentas puedo
Del tiempo que me has quitado
Libertad, vida y honor;
Y así, agradéceme a mí
Que yo no cobre de ti,
Pues eres tú mi deudor.

BASILIO

Bárbaro eres y atrevido:
Cumplió su palabra el cielo;
Y así, para el mismo apelo,
Soberbio y desvanecido.
Y aunque sepas ya quién eres,
Y desengañado estés,
Y aunque en un lugar te ves
Donde a todos te prefieres,
Mira bien lo que te advierto,
Que seas humilde y blando,
Porque quizá estás soñando,
Aunque ves que estás despierto.

(Vase.)

SEGISMUNDO

¿Que quizá soñando estoy,
Aunque despierto me veo?
No sueño, pues toco y creo
Lo que he sido y lo que soy.
Y aunque ahora te arrepientas,
Poco remedio tendrás;
Sé quien soy, y no podrás,
Aunque suspires y sientas,
Quitarme el haber nacido
Desta corona heredero;

Y si me viste primero
A las prisiones rendido,
Fué porque ignoré quién era;
Pero ya informado estoy
De quién soy, y sé que soy
Un compuesto de hombre y fiera.

ESCENA VII

ROSAURA, en traje de mujer. — SEGISMUNDO,
CLARIN, criados.

ROSAURA

(Aparte.)

Siguiendo a Estrella vengo,
Y gran temor de hallar a Astolfo
Que Clotaldo desea   (tengo;
Que no sepa quién soy, y no me vea,
Porque dice que importa al honor
Y de Clotaldo fío   (mío:
Su efecto, pues le debo agradecida
Aquí el amparo de mi honor y vida.

CLARIN

(A Segismundo.)

¿Qué es lo que te ha agradado
Más de cuanto aquí has visto y
(admirado?

SEGISMUNDO

Nada me ha suspendido,
Que todo lo tenía prevenido;
Mas si admirarme hubiera
Algo en el mundo, la hermosura fuera
De la mujer. Leía
Una vez yo en los libros que tenía
Que lo que a Dios mayor estudio debe,
Era el hombre, por ser un mundo
Mas ya que lo es recelo   (breve;
La mujer, pues ha sido un breve cielo;
Y más beldad encierra
Que el hombre, cuanto va de cielo a
Y más si es la que miro.   (tierra;

ROSAURA

(Aparte.)

El Príncipe está aquí; yo me retiro.

SEGISMUNDO

Oye, mujer, detente;
No juntes el ocaso y el oriente,
Huyendo al primer paso;
Que juntos el oriente y el ocaso,
La luz y sombra fría,
Serás sin duda síncopa del día.
¿Pero qué es lo que veo?

ROSAURA

Lo mismo que estoy viendo dudo y
(creo.

SEGISMUNDO
(Aparte.)

Yo he visto esta belleza
Otra vez.

ROSAURA
(Aparte.)

Yo esta pompa, esta grandeza
He visto reducida
A una estrecha prisión.

SEGISMUNDO
(Aparte.)

Ya hallé mi vida.

(A Rosaura.)

Mujer, que aqueste nombre
Es el mejor requiebro para el hombre,
¿Quién eres? que sin verte
Adoración me debes, y de suerte
Por la fe te conquisto,
Que me persuado a que otra vez te he
¿Quién eres, mujer bella?   (visto.

ROSAURA

(Disimular me importa). Soy de
Una infelice dama.   (Estrella

SEGISMUNDO

No digas tal; di el sol, a cuya llama
Aquesta estrella vive,
Pues de tus rayos resplandor recibe;
Yo vi en reino de olores
Que presidía entre escuadrón de
La deidad de la rosa,   (flores
Y era su emperatriz por más hermosa;
Yo vi entre piedras finas
De la docta academia de sus minas
Preferir el diamante,
Y ser su emperador por más brillante;

Yo en esas cortes bellas
De la inquieta república de estrellas,
Vi en el lugar primero
Por rey de las estrellas al lucero.
Yo en esferas perfetas,
Llamando el sol a cortes los planetas,
Le vi que presidía,
Como mayor oráculo del día.
¿Pues cómo si entre flores, entre es-
(trellas,
Piedras, signos, planetas, las más
Prefieren, tú has servido (bellas
La de menos beldad, habiendo sido
Por más bella y hermosa,
Sol, lucero, diamante, estrella y rosa?

ESCENA VIII

*CLOTALDO, que se queda al paño. — SEGISMUNDO,
ROSAURA, CLARIN, criados.*

CLOTALDO
(Aparte.)

A Segismundo reducir deseo,
Porque en fin, le he criado; mas ¡qué
(veo!

ROSAURA

Tu favor reverencio.
Respóndate retórico el silencio:
Cuando tan torpe la razón se halla,
Mejor habla, señor, quien mejor calla.

SEGISMUNDO

No has de ausentarte, espera.
¿Cómo quieres dejar de esa manera
A obscuras mi sentido?

ROSAURA

Esta licencia a vuestra Alteza pido.

SEGISMUNDO

Irte con tal violencia
No es pedirla, es tomarte la licencia.

ROSAURA

Pues si tú no la das, tomarla espero.

SEGISMUNDO

Harás que de cortés pase a grosero,
Porque la resistencia
Es veneno cruel de mi paciencia.

ROSAURA

Pues cuando ese veneno,
De furia, de rigor y saña lleno,
La paciencia venciera,
Mi respeto no osara, ni pudiera.

SEGISMUNDO

Sólo por ver si puedo,
Harás que pierda a tu hermosura el
Que soy muy inclinado   (miedo,
A vencer lo imposible: hoy he arroja-
                              (do
De ese balcón a un hombre, que decía
Que hacerse no podía;
Y así por ver si puedo, cosa es llana
Que arrojaré tu honor por la ventana.

CLOTALDO

(Aparte.)

Mucho se va empeñando.
¿Qué he de hacer, cielos, cuando
Tras un loco deseo
Mi honor segunda vez a riesgo veo?

ROSAURA

No en vano prevenía
A este reino infeliz tu tiranía
Escándalos tan fuertes
De delitos, traiciones, iras, muertes.
Mas ¿qué ha de hacer un hombre,
Que no tiene de humano más que el
Atrevido, inhumano,   (nombre,
Cruel, soberbio, bárbaro y tirano,
Nacido entre las fieras?

SEGISMUNDO

Porque tú ese baldón no me dijeras,
Tan cortés me mostraba,
Pensando que con esto te obligaba;
Mas si lo soy hablando deste modo,
Has de decirlo, ¡vive Dios!, por todo.

(En alta voz.)

Hola, dejadnos solos, y esa puerta
Se cierre, y no entre nadie.

(Vanse Clarín y los criados.)

ROSAURA

                              (Yo soy muerta.)
Advierte...

SEGISMUNDO

Soy tirano,
Y ya pretendes reducirme en vano.

CLOTALDO

(Aparte.)

¡Oh qué lance tan fuerte!
Saldré a estorbarlo, aunque me dé la
(muerte.

(A Segismundo)

Señor, atiende, mira.

(Llega.)

SEGISMUNDO

Segunda vez me has provocado a ira,
Viejo caduco y loco.
¿Mi enojo y mi rigor tienes en poco?
¿Cómo hasta aquí has llegado?

CLOTALDO

De los acentos desta voz llamado,
A decirte que seas
Más apacible, si reinar deseas;
Y no por verte ya de todos dueño,
Seas cruel, porque quizá es un sueño.

SEGISMUNDO

A rabia me provocas,
Cuando la luz del desengaño tocas.
Veré, dándote muerte,
Si es sueño o si es verdad.

*(Al ir a sacar la daga, se la detiene Clotaldo
quien se pone de rodillas.)*

CLOTALDO

Yo desta suerte
Librar mi vida espero.

SEGISMUNDO

Quita la osada mano del acero.

CLOTALDO

Hasta que gente venga,
Que tu rigor y cólera detenga,
No he de soltarte.

ROSAURA

¡Ay, cielo!

SEGISMUNDO

Suelta, digo,
Caduco, loco, bárbaro, enemigo,
O será desta suerte,

(Luchan.)

Dándote ahora entre mis brazos muer
(te.

ROSAURA

Acudid todos presto,
Que matan a Clotaldo.

(Vase.)

(Llega Astolfo a tiempo que cae Clotaldo a sus pies, y él se pone en medio.)

ESCENA IX

ASTOLFO. — SEGISMUNDO, CLOTALDO.

ASTOLFO

¿Pues qué es esto,
Príncipe generoso?
¿Así se mancha acero tan brioso
En una sangre helada?
Vuelva a la vaina tan lucida espada.

SEGISMUNDO

En viéndola teñida
En esa infame sangre.

ASTOLFO

Ya su vida
Tomó a mis pies sagrado,
Y de algo ha de servirle haber llegado.

SEGISMUNDO

Sírvale de morir; pues desta suerte
También sabré vengarme con tu
De aquel pasado enojo.   (muerte

ASTOLFO

Yo defiendo
Mi vida; así la majestad no ofendo.

(Saca Astolfo la espada, y riñen.)

CLOTALDO

No le ofendas, señor.

ESCENA X

*BASILIO, ESTRELLA y acompañamiento. — SEGIS-
MUNDO, ASTOLFO, CLOTALDO.*

BASILIO

¿Pues aquí espadas?

ESTRELLA

(Aparte.)

¡Astolfo es, ay de mí, penas airadas!

BASILIO

¿Pues qué es lo que ha pasado?

ASTOLFO

Nada, señor, habiendo tú llegado.

(Envainan.)

SEGISMUNDO

Mucho, señor, aunque hayas tú veni-
(do:
Yo a ese viejo matar he pretendido.

BASILIO

¿Respeto no tenías
A estas canas?

CLOTALDO

Señor, ved que son mías;
Que no importa veréis.

SEGISMUNDO

Acciones vanas,
Querer que tenga yo respeto a canas;
Pues aun ésas podría

(Al Rey.)

Ser que viese a mis plantas algún día,
Porque aun no estoy vengado
Del modo injusto con que me has

(criado.

(Vase.)

BASILIO

Pues antes que lo veas,
Volverás a dormir adonde creas
Que cuanto te ha pasado,
Como fué bien del mundo, fué soñado.

(Vanse el Rey, Clotaldo y el acompañamiento.)

ESCENA XI

ESTRELLA, ASTOLFO.

ASTOLFO

¡Qué pocas veces el hado
Que dice desdichas, miente,
Pues es tan cierto en los males,
Cuanto dudoso en los bienes!
¡Qué buen astrólogo fuera,
Si siempre casos crüeles
Anunciara, pues no hay duda
Que ellos fueran verdad siempre!
Conocerse esta experiencia
En mí y Segismundo puede,
Estrella, pues, en los dos
Hace muestras diferentes.
En él previno rigores,
Soberbias, desdichas, muertes,
Y en todo dijo verdad,
Porque todo, al fin, sucede;
Pero en mí, que al ver, señora,
Esos rayos excelentes,
De quien el sol fué una sombra
Y el cielo un amago breve,
Que me previno venturas,
Trofeos, aplausos, bienes,

Dijo mal, y dijo bien;
Pues sólo es justo que acierte
Cuando amaga con favores,
Y ejecuta con desdenes.

ESTRELLA

No dudo que esas finezas
Son verdades evidentes;
Mas serán por otra dama,
Cuyo retrato pendiente
Al cuello trajisteis cuando
Llegasteis, Astolfo, a verme;
Y siendo así, esos requiebros
Ella sola los merece.
Acudid a que ella os pague,
Que no son buenos papeles
En el consejo de amor
Las finezas ni las fees
Que se hicieron en servicio
De otras damas y otros reyes.

ESCENA XII

ROSAURA, que queda al paño. — ESTRELLA, ASTOLFO.

ROSAURA

(Aparte.)

¡Gracias a Dios que llegaron

Ya mis desdichas crüeles
Al término suyo, pues
Quien esto ve nada teme!

ASTOLFO

Yo haré que el retrato salga
Del pecho, para que entre
La imagen de su hermosura.
Donde entra Estrella no tiene
Lugar la sombra ni estrella
Donde el sol; voy a traerle.

(Ausente.)

Perdona, Rosaura hermosa,
Este agravio, porque ausentes,
No se guardan más ley que ésta
Los hombres y las mujeres.

(Vase.)

(Adelántase Rosaura.)

ROSAURA

Nada he podido escuchar,
Temerosa que me viese.

ESTRELLA

Astrea!

ROSAURA

Señora mía.

ESTRELLA

Heme holgado que tú fueses
La que llegaste hasta aquí;
Porque de ti solamente
Fiara un secreto.

ROSAURA

Honras,
Señora a quien te obedece.

ESTRELLA

En el poco tiempo, Astrea,
Que ha que te conozco, tienes
De mi voluntad, las llaves;
Por esto, y por ser quien eres,
Me atrevo a fiar de ti
Lo que aun de mí muchas veces
Recaté.

ROSAURA

Tu esclava soy.

ESTRELLA

Pues para decirlo en breve,

Mi primo Astolfo (bastara
Que mi primo te dijese,
Porque hay cosas que se dicen
Con pensarlas solamente)
Ha de casarse conmigo,
Si es que la fortuna quiere
Que con una dicha sola
Tantas desdichas descuente.
Pesóme que el primer día
Echado al cuello trajese
El retrato de una dama;
Habléle en él cortésmente,
Es galán y quiere bien,
Fué por él, y ha de traerle
Aquí: embarázame mucho
Que él a mí a dármelo llegue:
Quédate aquí, y cuando venga,
Le dirás que te le entregue
A ti. No te digo más;
Discreta y hermosa eres:
Bien sabrás lo que es amor.

(Vase.)

ESCENA XIII

ROSAURA

¡Ojalá no lo supiese!
¡Válgame el cielo! ¿quién fuera

Tan atenta y tan prudente,
Que supiera aconsejarse
Hoy en ocasión tan fuerte?
¿Habrá persona en el mundo
A quien el cielo inclemente
Con más desdichas combata
Y con más pesares cerque?
¿Qué haré en tantas confusiones,
Donde imposible parece
Que halle razón que me alivie,
Ni alivio que me consuele?
Desde la primer desdicha,
No hay suceso ni accidente
Que otra desdicha no sea:
Que unas a otras suceden,
Herederas de sí mismas.
A la imitación del Fénix,
Unas de las otras nacen,
Viviendo de lo que mueren,
Y siempre de sus cenizas
Está el sepulcro caliente.
Que eran cobardes decía
Un sabio, por parecerle
Que nunca andaba una sola;
Yo digo que son valientes,
Pues siempre van adelante,
Y nunca la espalda vuelven.
Quien las llevare consigo

A todo podrá atreverse,
Pues en ninguna ocasión
No haya miedo que le dejen.
Dígalo yo, pues en tantas
Como a mi vida suceden,
Nunca me he hallado sin ellas,
Ni se han cansado hasta verme
Herida de la fortuna,
En los brazos de la muerte.
¡Ay de mí! ¿qué debo hacer
Hoy en la ocasión presente?
Si digo quién soy, Clotaldo,
A quien mi vida le debe
Este amparo y este honor,
Conmigo ofenderse puede;
Pues me dice que callando
Honor y remedio espere.
Si no he de decir quién soy
A Astolfo, y él llega a verme,
¿Cómo he de disimular?
Pues aunque fingirlo intenten
La voz, la lengua, y los ojos,
Les dirá el alma que mienten.
¿Qué haré? ¿Mas para qué estudio
Lo que haré, si es evidente
Que por más que lo prevenga,
Que lo estudie y que lo piense,
En llegando la ocasión

He de hacer lo que quisiere
El dolor?; porque ninguno
Imperio en sus penas tiene.
Y pues a determinar
Lo que ha de hacer no se atreve
El alma, llegue el dolor
Hoy a su término, llegue
La pena a su extremo, y salga
De dudas y pareceres
De una vez; pero hasta entonces
Valedme, cielos; valedme.

ESCENA XIV

ASTOLFO, que trae el retrato. — ROSAURA.

ASTOLFO

Este es, señora, el retrato;
Mas ¡ay Dios!

ROSAURA

¿Qué se suspende
Vuestra Alteza? ¿qué se admira?

ASTOLFO

De oírte, Rosaura, y verte.

ROSAURA

¿Yo Rosaura? Hase engañado
Vuestra Alteza, si me tiene
Por otra dama; que yo
Soy Astrea, y no merece
Mi humildad tan grande dicha
Que esa turbación le cueste.

ASTOLFO

Basta, Rosaura, el engaño,
Porque el alma nunca miente,
Y aunque como a Astrea te mire,
Como a Rosaura te quiere.

ROSAURA

No he entendido a vuestra Alteza,
Y así, no sé responderle:
Sólo lo que yo diré,
Es que Estrella (que lo puede
Ser de Venus) me mandó
Que en esta parte le espere,
Y de la suya le diga
Que aquel retrato me entregue,
Que está muy puesto en razón,
Y yo misma se lo lleve.
Estrella lo quiere así,
Porque aun las cosas más leves

Como sean en mi daño
Es Estrella quien las quiere.

ASTOLFO

Aunque más esfuerzos hagas,
¡Oh, qué mal, Rosaura, puedes
Disimular! Di a los ojos
Que su música concierten
Con la voz; porque es forzoso
Que desdiga y que disuene
Tan destemplado instrumento,
Que ajustar y medir quiere
La falsedad de quien dice,
Con la verdad de quien siente.

ROSAURA

Ya digo que sólo espero
El retrato.

ASTOLFO

Pues que quieres
Llevar al fin el engaño,
Con él quiero responderte.
Dirásle, Astrea, a la Infanta,
Que yo la estimo de suerte,
Que, pidiéndome un retrato,
Poca fineza parece
Enviársele, y así,

Porque le estime y le precie
Le envío el original;
Y tú llevársele puedes,
Pues ya le llevas contigo,
Como a ti misma te lleves.

ROSAURA

Cuando un hombre se dispone,
Restado, altivo y valiente,
A salir con una empresa,
Aunque por trato le entreguen
Lo que valga más, sin ella
Necio y desairado vuelve.
Yo vengo por un retrato,
Y aunque un original lleve
Que vale más, volveré
Desairada: y así, déme
Vuestra Alteza ese retrato,
Que sin él no he de volverme.

ASTOLFO

¿Pues cómo, si no he de darle,
Lo has de llevar?

ROSAURA

Desta suerte,
Suéltale, ingrato.

(Trata de quitárselo.)

ASTOLFO

Es en vano.

ROSAURA

¡Vive Dios, que no ha de verse
En manos de otra mujer!

ASTOLFO

Terrible estás.

ROSAURA

Y tú aleve.

ASTOLFO

Ya basta, Rosaura mía.

ROSAURA

(Están asidos ambos del retrato.)

¿Yo tuya? Villano, mientes.

ESCENA XV.

ESTRELLA. — ROSAURA, ASTOLFO.

ESTRELLA

Astrea, Astolfo, ¿qué es esto?

ASTOLFO

(Aparte.)

Aquesta es Estrella.

ROSAURA

(Aparte.)

Déme

Para cobrar mi retrato,
Ingenio el amor. Si quieres

(A Estrella.)

Saber lo que es, yo, señora,
Te lo diré.

ASTOLFO

(Aparte a Rosaura.)

¿Qué pretendes?

ROSAURA

Mandásteme que esperase
Aquí a Astolfo, y le pidiese
Un retrato de tu parte.
Quedé sola, y como vienen
De unos discursos a otros
Las noticias fácilmente,
Viéndote hablar de retratos,
Con su memoria acordéme
De que tenía uno mío
En la manga. Quise verle,

Porque una persona sola
Con locuras se divierte;
Cayóseme de la mano
Al suelo; Astolfo, que viene
A entregarte el de otra dama,
Le levantó, y tan rebelde
Está en dar el que le pides,
Que en vez de dar uno, quiere
Llevar otro; pues el mío
Aun no es posible volverme,
Con ruegos y persuasiones;
Colérica e impaciente
Yo, se le quise quitar.
Aquel que en la mano tiene,
Es mío; tú lo verás
Con ver si se me parece.

ESTRELLA

Soltad, Astolfo, el retrato.

(Quitaselo de la mano.)

ASTOLFO

Señora...

ESTRELLA

No son crüeles
A la verdad los matices.

ROSAURA

¿No es mío?

ESTRELLA

¿Qué duda tiene?

ROSAURA

Ahora di que te dé el otro.

ESTRELLA

Toma tu retrato y vete.

ROSAURA

(Aparte.)

Yo he cobrado mi retrato,
Venga ahora lo que viniere.

(Vase.)

ESCENA XVI

ESTRELLA, ASTOLFO.

ESTRELLA

Dadme ahora el retrato vos
Que os pedí; que aunque no piense
Veros ni hablaros jamás,
No quiero, no, que se quede

En vuestro poder, siquiera
Porque yo tan neciamente
Le he pedido.

ASTOLFO

(Aparte.)

        ¿Cómo puedo
Salir de lance tan fuerte?

(Alzando la voz.)

Aunque quiera, hermosa Estrella,
Servirte y obedecerte,
No podré darte el retrato
Que me pides, porque...

ESTRELLA

                Eres
Villano y grosero amante.
No quiero que me le entregues;
Porque yo tampoco quiero,
Con tomarle, que me acuerdes
Que te le he pedido yo.

(Vase.)

ASTOLFO

Oye, escucha, mira, advierte.
¡Válgate Dios por Rosaura!
¿Dónde, cómo, o de qué suerte
Hoy a Polonia has venido
A perderme y a perderte?

(Vase.)

ESCENA XVII.

Prisión del Príncipe en la torre

SEGISMUNDO, como al principio, con pieles y cadena, echado en el suelo; CLOTALDO, dos criados y CLARIN.

CLOTALDO

Aquí le habéis de dejar,
Pues hoy su soberbia acaba
Donde empezó.

UN CRIADO

                        Como estaba,
La cadena vuelvo a atar.

CLARIN

No acabes de dispertar,
Segismundo, para verte
Perder, trocada la suerte,
Siendo tu gloria fingida,
Una sombra de la vida
Y una llama de la muerte.

CLOTALDO

A quien sabe discurrir
Así, es bien que se prevenga
Una estancia, donde tenga

Harto lugar de argüir.

(A los criados.)

Este es al que habéis de asir,

(Señalando la pieza inmediata.)

Y en este cuarto encerrar.

CLARIN

¿Por qué a mí?

CLOTALDO

Porque ha de estar
Guardado en prisión tan grave,
Clarín que secretos sabe,
Donde no pueda sonar.

CLARIN

¿Yo, por dicha, solicito
Dar muerte a mi padre? No.
¿Arrojé del balcón yo
Al Icaro de poquito?
¿Yo sueño o duermo? ¿A qué fin
Me encierran?

CLOTALDO

Eres Clarín.

CLARIN

Pues ya digo que seré

Corneta, y que callaré,
Que es instrumento ruín.

(Llévanlo, y queda solo Clotaldo.)

ESCENA XVIII

BASILIO, rebozado. — CLOTALDO.
SEGISMUNDO, adormecido.

BASILIO

Clotaldo.

CLOTALDO

¡Señor! ¿así
Viene Vuestra Majestad?

BASILIO

La necia curiosidad
De ver lo que pasa aquí
A Segismundo (¡ay de mí!),
Deste modo me ha traído.

CLOTALDO

Mírale allí reducido
A su miserable estado.

BASILIO

¡Ay, príncipe desdichado
Y en triste punto nacido!

Llega a dispertarle, ya
Que fuerza y vigor perdió
Con el opio que bebió.

CLOTALDO

Inquieto, señor, está,
Y hablando.

BASILIO

¿Qué soñará
Ahora? Escuchemos, pues.

SEGISMUNDO

(Entre sueños.)

Piadoso príncipe es
El que castiga tiranos:
Clotaldo muera a mis manos,
Mi padre bese mis pies.

CLOTALDO

Con la muerte me amenaza.

BASILIO

A mí con rigor y afrenta.

CLOTALDO

Quitarme la vida intenta.

BASILIO

Rendirme a sus plantas traza.

SEGISMUNDO

(Entre sueños.)

Salga a la anchurosa plaza
Del gran teatro del mundo
Este valor sin segundo:
Porque mi venganza cuadre,
Vean triunfar de su padre
Al príncipe Segismundo.

(Despierta.)

Mas ¡ay de mí! ¿dónde estoy?

BASILIO

Pues a mí no me ha de ver:

(A Clotaldo.)

Ya sabes lo que has de hacer.
Desde allí a escucharle voy.

(Retírase.)

SEGISMUNDO

¿Soy yo por ventura? ¿Soy
El que preso y aherrojado
Llego a verme en tal estado?
¿No sois mi sepulcro vos,

Torre? Sí. ¡Válgame Dios,
Qué de cosas he soñado!

CLOTALDO

(Aparte.)

A mí me toca llegar,
A hacer la deshecha ahora.

(A Segismundo.)

¿Es ya de dispertar hora?

SEGISMUNDO

Sí, hora es ya de dispertar.

CLOTALDO

¿Todo el día te has de estar
Durmiendo? ¿Desde que yo
Al águila que voló
Con tardo vuelo seguí,
Y te quedaste tú aquí,
Nunca has dispertado?

SEGISMUNDO

No.
Ni aun agora he dispertado;
Que según, Clotaldo, entiendo,
Todavía estoy durmiendo:
Y no estoy muy engañado;
Porque si ha sido soñado

Lo que vi palpable y cierto,
Lo que veo será incierto;
Y no es mucho que rendido,
Pues veo estando dormido,
Que sueñe estando despierto.

CLOTALDO

Lo que soñaste me di.

SEGISMUNDO

Supuesto que sueño fué,
No diré lo que soñé,
Lo que vi, Clotaldo, sí.
Yo disperté, yo me vi
(¡Qué crueldad tan lisonjera!)
En un lecho, que pudiera
Con matices y colores
Ser el catre de las flores
Que tejió la primavera.
Aquí mil nobles rendidos
A mis pies nombre me dieron
De su príncipe, y sirvieron
Galas, joyas y vestidos.
La calma de mis sentidos
Tú trocaste en alegría,
Diciendo la dicha mía,
Que, aunque estoy desta manera,
Príncipe en Polonia era.

CLOTALDO

Buenas albricias tendría.

SEGISMUNDO

No muy buenas: por traidor,
Con pecho atrevido y fuerte
Dos veces te daba muerte.

CLOTALDO

¿Para mí tanto rigor?

SEGISMUNDO

De todos era señor,
Y de todos me vengaba;
Sólo a una mujer amaba...
Que fué verdad creo yo,
En que todo se acabó,
Y esto solo no se acaba.

(Vase el Rey.)

CLOTALDO

(Aparte.)

Enternecido se ha ido
El Rey de haberle escuchado.

(En alta voz.)

Como habíamos hablado
De aquella águila, dormido,

Tu sueño imperios han sido;
Mas en sueños fuera bien
Honrar entonces a quien
Te crió en tantos empeños,
Segismundo, que aun en sueños
No se pierde el hacer bien.

(Vase.)

ESCENA XIX

SEGISMUNDO.

SEGISMUNDO

Es verdad; pues reprimamos
Esta fiera condición,
Esta furia, esta ambición,
Por si alguna vez soñamos;
Y sí haremos, pues estamos
En mundo tan singular,
Que el vivir sólo es soñar;
Y la experiencia me enseña
Que el hombre que vive, sueña
Lo que es, hasta dispertar.
Sueña el rey que es rey, y vive
Con este engaño mandando,
Disponiendo y gobernando;
Y este aplauso, que recibe
Prestado, en el viento escribe;

Y en cenizas le convierte
La muerte (¡desdicha fuerte!):
¿Que hay quien intente reinar,
Viendo que ha de dispertar
En el sueño de la muerte?
Sueña el rico en su riqueza,
Que más cuidados le ofrece;
Sueña el pobre que padece
Su miseria y su pobreza;
Sueña el que a medrar empieza,
Sueña el que afana y pretende,
Sueña el que agravia y ofende,
Y en el mundo, en conclusión,
Todos sueñan lo que son,
Aunque ninguno lo entiende.
Yo sueño que estoy aquí
Destas prisiones cargado,
Y soñé que en otro estado
Más lisonjero me vi.
¿Qué es la vida? Un frenesí.
¿Qué es la vida? Una ilusión,
Una sombra, una ficción,
Y el mayor bien es pequeño;
Que toda la vida es sueño,
Y los sueños, sueños son.

(Telón.)

JORNADA TERCERA

ESCENA I

CLARIN.

CLARIN

En una encantada torre,
Por lo que sé, vivo preso:
¿Qué me harán por lo que ignoro
Si por lo que sé me han muerto?
¡Que un hombre con tanta hambre
Viniese a morir viviendo!
Lástima tengo de mí;
Todos dirán: "Bien lo creo";
Y bien se puede creer,
Pues para mí este silencio
No conforma con el nombre
Clarín, y callar no puedo.
Quien me hace compañía
Aquí, si a decirlo acierto,
Son arañas y ratones:
¡Miren qué dulces jilgueros!
De los sueños desta noche
La triste cabeza tengo
Llena de mil chirimías,
De trompetas y embelecos,

De procesiones, de cruces,
De disciplinantes; y éstos
Unos suben, otros bajan,
Unos se desmayan viendo
La sangre que llevan otros;
Mas yo, la verdad diciendo,
De no comer me desmayo;
Que en una prisión me veo,
Donde ya todos los días
En el filósofo leo
Nicomedes, y las noches
En el concilio Niceno.
Si llaman santo al callar,
Como en calendario nuevo,
San Secreto es para mí,
Pues le ayuno y no le huelgo;
Aunque está bien merecido
El castigo que padezco,
Pues callé, siendo criado,
Que es el mayor sacrilegio.

(Ruido de cajas y clarines, y voces dentro.)

ESCENA II.

Soldados. — CLARIN.

SOLDADO 1.º

(Dentro.)

Esta es la torre en que está.

Echad la puerta en el suelo:
Entrad todos.

CLARIN

¡Vive Dios!
Que a mí me buscan, es cierto,
Pues que dicen que aquí estoy.
¿Qué me querrán?

SOLDADO 1.º

(Dentro.)

Entrad dentro.

(Salen varios soldados.)

SOLDADO 2.º

Aquí está.

CLARIN

No está.

SOLDADOS

(Todos.)

Señor...

CLARIN

(Aparte.)

¿Si vienen borrachos éstos?

SOLDADO 1.º

Tú nuestro príncipe eres;
Ni admitimos ni queremos
Sino al señor natural,
Y no a príncipe extranjero.
A todos nos da los pies.

SOLDADOS

¡Viva el gran príncipe nuestro!

CLARIN

(Aparte.)

¡Vive Dios, que va de veras!
¿Si es costumbre en este reino
Prender uno cada día
Y hacerle príncipe, y luego
Volverle a la torre? Sí,
Pues cada día lo veo:
Fuerza es hacer mi papel.

SOLDADOS

Danos tus plantas.

CLARIN

No puedo,

Porque las he menester
Para mí, y fuera defecto
Ser príncipe desplantado.

SOLDADO 2.º

Todos a tu padre mesmo
Le dijimos que a ti solo
Por príncipe conocemos,
No al de Moscovia.

CLARIN

        ¿A mi padre
Le perdisteis el respeto?
Sois unos tales por cuales.

SOLDADO 1.º

Fué lealtad de nuestro pecho.

CLARIN

Si fué lealtad, yo os perdono.

SOLDADO 2.º

Sal a restaurar tu imperio.
¡Viva Segismundo!

TODOS

¡Viva!

CLARIN

(Aparte.)

¿Segismundo dicen? Bueno:
Segismundo llaman todos
Los príncipes contrahechos.

ESCENA III

SEGISMUNDO, CLARIN, soldados.

SEGISMUNDO

¿Quién nombra aquí a Segismundo?

CLARIN

(Aparte.)

¡Mas que soy príncipe huero!

SOLDADO 1.º

¿Quién es Segismundo?

SEGISMUNDO

Yo.

SOLDADO 2.º

(A Clarín.)

¿Pues cómo, atrevido y necio,
Tú te hacías Segismundo?

CLARIN

¿Yo Segismundo? Eso niego.
Vosotros fuisteis los que
Me segismundeasteis: luego
Vuestra ha sido solamente
Necedad y atrevimiento.

SOLDADO 1.º

Gran príncipe Segismundo
(Que las señas que traemos
Tuyas, son, aunque por fe
Te aclamamos señor nuestro),
Tu padre el gran Rey Basilio,
Temeroso que los cielos
Cumplan un hado, que dice
Que ha de verse a tus pies puesto,
Vencido de ti, pretende
Quitarte acción y derecho
Y dársele a Astolfo, duque
De Moscovia. Para esto
Juntó su corte, y el vulgo,

Penetrando ya y sabiendo
Que tiene Rey natural,
No quiere que un extranjero
Venga a mandarle. Y así,
Haciendo noble desprecio
De la inclemencia del hado,
Te ha buscado donde preso
Vives, para que asistido
De sus armas, y saliendo
Desta torre a restaurar
Tu imperial corona y cetro,
Se la quites a un tirano.
Sal, pues; que en ese desierto,
Ejército numeroso
De bandidos y plebeyos
Te aclama; la libertad
Te espera; oye sus acentos.

VOCES

(Dentro.)

¡Viva Segismundo, viva!

SEGISMUNDO

¿Otra vez (¡qué es esto, cielos!)
Queréis que sueñe grandezas
Que ha de deshacer el tiempo?
¿Otra vez queréis que vea
Entre sombras y bosquejos

La majestad y la pompa
Desvanecida del viento?
¿Otra vez queréis que toque
El desengaño, o el riesgo
A que el humano poder
Nace humilde y vive atento?
Pues no ha de ser, no ha de ser
Mirarme otra vez sujeto
A mi fortuna; y pues sé
Que toda esta vida es sueño,
Idos, sombras, que fingís
Hoy a mis sentidos muertos
Cuerpo y voz, siendo verdad
Que ni tenéis voz ni cuerpo;
Que no quiero mejestades
Fingidas, pompas no quiero,
Fantásticas, ilusiones
Que al soplo menos ligero
Del aura han de deshacerse,
Bien como el florido almendro,
Que por madrugar sus flores,
Sin aviso y sin consejo,
Al primer soplo se apagan,
Marchitando y desluciendo
De sus rosados capullos
Belleza, luz y ornamento.
Ya os conozco, ya os conozco.
Y sé que os pasa lo mesmo

Con cualquiera que se duerme:
Para mí no hay fingimientos;
Que, desengañado ya,
Sé bien que *la vida es sueño*.

SOLDADO 2.º

Si piensas que te engañamos,
Vuelve a esos montes soberbios
Los ojos, para que veas
La gente que aguarda en ellos
Para obedecerte.

SEGISMUNDO

Ya
Otra vez vi aquesto mesmo
Tan clara y distintamente
Como ahora lo estoy viendo,
Y fué sueño.

SOLDADO 2.º

Cosas grandes
Siempre, gran señor, trajeron
Anuncios; y esto sería,
Si lo soñaste primero.

SEGISMUNDO

Dices bien, anuncio fué;
Y caso que fuese cierto,

Pues que la vida es tan corta,
Soñemos, alma, soñemos
Otra vez; pero ha de ser
Con atención y consejo
De que hemos de dispertar
Deste gusto al mejor tiempo;
Que llevándolo sabido,
Será el desengaño menos;
Que es hacer burla del daño
Adelantarle el consejo.
Y con esta prevención
De que cuando fuese cierto,
Es todo el poder prestado
Y ha de volverse a su dueño,
Atrevámonos a todo.
Vasallos, yo os agradezco
La lealtad; en mí lleváis
Quien os libre osado y diestro
De extranjera esclavitud.
Tocad al arma, que presto
Veréis mi inmenso valor.
Contra mi padre pretendo
Tomar armas, y sacar
Verdaderos a los cielos.
Puesto he de verle a mis plantas...

(*Aparte.*)

Mas si antes desto despierto,

¿No será bien no decirlo,
Supuesto que no he de hacerlo?

TODOS

¡Viva Segismundo, viva!

ESCENA IV

CLOTALDO. — SEGISMUNDO, CLARIN, Soldados.

CLOTALDO

¿Qué alboroto es éste, cielos?

SEGISMUNDO

Clotaldo.

CLOTALDO

Señor... En mí
(Aparte.)
Su rigor prueba.

CLARIN

(Aparte.)
Yo apuesto
Que le despeña del monte.
(Vase.)

CLOTALDO

A tus reales plantas llego,
Ya sé que a morir.

SEGISMUNDO

Levanta,
Levanta, padre, del suelo;
Que tú has de ser norte y guía
De quien fíe mis aciertos;
Que ya sé que mi crianza
A tu mucha lealtad debo.
Dame los brazos.

CLOTALDO

¿Qué dices?

SEGISMUNDO

Que estoy soñando, y que quiero
Obrar bien, pues no se pierde
El hacer bien, aun en sueños.

CLOTALDO

Pues, señor, si el obrar bien
Es ya tu blasón, es cierto
Que no te ofenda el que yo
Hoy solicite lo mesmo.
¡A tu padre has de hacer guerra!
Yo aconsejarte no puedo
Contra mi Rey, ni valerte.
A tus plantas estoy puesto;
Dame la muerte.

SEGISMUNDO

¡Villano,
Mas, ¡cielos!

(Aparte.)

Traidor, ingrato!
El reportarme conviene,
Que aun no sé si estoy despierto.
Clotaldo, vuestro valor
Os envidio y agradezco.
Idos a servir al Rey,
Que en el campo nos veremos.
Vosotros tocad al arma.

CLOTALDO

Mil veces tus plantas beso.

(Vase.)

SEGISMUNDO

A reinar, fortuna, vamos;
No me despiertes si duermo,
Y si es verdad, no me aduermas.
Mas sea verdad o sueño,
Obrar bien es lo que importa:
Si fuere verdad, por serlo;
Si no, por ganar amigos
Para cuando despertemos.

(Vanse, tocando cajas.)

ESCENA V

Salón del Palacio Real.

BASILIO y ASTOLFO.

BASILIO

¿Quién, Astolfo, podrá parar pru-
(dente
La furia de un caballo desbocado?
¿Quién detener de un río la corriente
Que corre al mar soberbio y des-
(peñado?
¿Quién un peñasco suspender valiente
De la cima de un monte desgajado?
Pues todo fácil de parar se mira,
Más que de un vulgo la soberbia ira.
Dígalo en bandos el rumor partido,
Pues se oye resonar en lo profundo
De los montes el eco repetido;
Unos, ¡*Astolfo!*; y otros, ¡*Segismun-*
El dosel de la jura, reducido   (*do!*
A segunda intención, a horror se-
(gundo

Teatro funesto es, donde importuna
Representa tragedias la fortuna.

ASTOLFO

Señor, suspéndase hoy tanta alegría;
Cese el aplauso y gusto lisonjero
Que tu mano feliz me prometía;
Que si Polonia (a quien mandar
(espero)
Hoy se resiste a la obediencia mía,
Es porque la merezca yo primero.
Dadme un caballo, y de arrogancia
(lleno,
Rayo descienda el que blasona trueno.

(Vase.)

BASILIO

Poco reparo tiene lo infalible,
Y mucho riesgo lo previsto tiene:
Si ha de ser, la defensa es imposible,
Que quien la excusa más, más la
(previene.
¡Dura ley! ¡fuerte caso! ¡horror te-
(rrible!
Quien piensa huir el riesgo, al riesgo
(viene;

Con lo que yo guardaba me he
(perdido;
Yo mismo, yo mi patria he destruído.

ESCENA VI.

ESTRELLA. — BASILIO.

ESTRELLA

Si tu presencia, gran señor, no trata
De enfrenar el tumulto sucedido,
Que de uno en otro bando se dilata
Por las calles y plazas dividido,
Verás tu reino en ondas de escarlata
Nadar, entre la púrpura teñido
De su sangre, que ya con triste modo,
Todo es desdichas y tragedias todo.
Tanta es la ruina de tu imperio, tanta
La fuerza del rigor duro, sangriento,
Que visto admira, y escuchado es-
(panta.
El sol se turba y se embaraza el
(viento;
Cada piedra un pirámide levanta,
Y cada flor construye un monumento;
Cada edificio es un sepulcro altivo,
Cada soldado un esqueleto vivo.

ESCENA VII

CLOTALDO, BASILIO, ESTRELLA.

CLOTALDO

¡Gracias a Dios que vivo a tus pies
(llego!

BASILIO

Clotaldo, ¿pues qué hay de Segis-
(mundo?

CLOTALDO

Que el vulgo, monstruo despeñado y
(ciego,
La torre penetró, y de lo profundo
Della sacó su príncipe, que luego
Que vió segunda vez su honor se-
(gundo,
Valiente se mostró, diciendo fiero
Que ha de sacar al cielo verdadero.

BASILIO

Dadme un caballo, porque yo en per-
(sona
Vencer valiente un hijo ingrato
(quiero;

Y en la defensa ya de mi corona,
Lo que la ciencia erró, venza el acero.

(Vase.)

ESTRELLA

Pues yo al lado del Sol seré Belona:
Poner mi nombre junto al suyo
(espero;
Que he de volar sobre tendidas alas
A competir con la deidad de Palas.

(Vase, y tocan al arma.)

ESCENA VIII

ROSAURA, que detiene a CLOTALDO.

ROSAURA

Aunque el valor que se encierra
En tu pecho, desde allí
Da voces, óyeme a mí,
Que yo sé que todo es guerra.
Bien sabes que yo llegué
Pobre, humilde y desdichada
A Polonia, y amparada
De tu valor, en ti hallé
Piedad; mandásteme (¡ay cielos!)

Que disfrazada viviese
En palacio, y pretendiese,
Disimulando mis celos,
Guardarme de Astolfo. En fin,
El me vió, y tanto atropella
Mi honor, que viéndome, a Estrella
De noche habla en un jardín:
Deste la llave he tomado,
Y te podré dar lugar
De que en él puedas entrar
A dar fin a mi cuidado.
Así altivo, osado y fuerte,
Volver por mi honor podrás,
Pues que ya resuelto estás
A vengarme con su muerte.

CLOTALDO

Verdad es que me incliné,
Desde el punto que te vi,
A hacer, Rosaura, por ti
(Testigo tu llanto fué)
Cuanto mi vida pudiese.
Lo primero que intenté,
Quitarte aquel traje fué;
Porque, si acaso, te viese
Astolfo en tu propio traje,
Sin juzgar a liviandad
La loca temeridad

Que hace del honor ultraje.
En este tiempo trazaba
Cómo cobrar se pudiese
Tu honor perdido, aunque fuese
(Tanto tu honor me arrastraba)
Dando muerte a Astolfo. ¡Mira
Qué caduco desvarío!
Si bien, no siendo rey mío,
Ni me asombra ni me admira.
Darle pensé muerte; cuando
Segismundo pretendió
Dármela a mí, y él llegó,
Su peligro atropellando,
A hacer en defensa mía
Muestras de su voluntad,
Que fueron temeridad,
Pasando de valentía,
Pues ¿cómo yo ahora (advierte),
Teniendo alma agradecida,
A quien me ha dado la vida
Le tengo de dar la muerte?
Y así, entre los dos partido
El afecto y el cuidado,
Viendo que a ti te la he dado,
Y que dél la he recibido,
No sé a qué parte acudir,
No sé a qué parte ayudar.
Si a ti me obligué con dar,

Dél lo estoy con recibir;
Y así, en la acción que se ofrece,
Nada a mi amor satisface,
Porque soy persona que hace,
Y persona que padece.

ROSAURA

No tengo que prevenir
Que en un varón singular,
Cuanto es noble acción el dar,
Es bajeza el recibir.
Y este principio asentado,
No has de estarle agradecido,
Supuesto que si él ha sido
El que la vida te ha dado,
Y tú a mí, evidente cosa
Es, que él forzó tu nobleza
A que hiciese una bajeza,
Y yo una acción generosa.
Luego estás dél ofendido,
Luego estás de mí obligado,
Supuesto que a mí me has dado
Lo que dél has recibido;
Y así debes acudir
A mi honor en riesgo tanto,
Pues yo le prefiero, cuanto
Va de dar a recibir.

CLOTALDO

Aunque la nobleza vive
De la parte del que da,
El agradecerla está
De parte del que recibe;
Y pues ya dar he sabido,
Ya tengo con nombre honroso
El nombre de generoso:
Déjame el de agradecido,
Pues le puedo conseguir
Siendo agradecido, cuanto
Liberal, pues honra tanto
El dar como el recibir.

ROSAURA

De ti recibí la vida,
Y tú mismo me dijiste,
Cuando la vida me diste,
Que la que estaba ofendida
No era vida: luego yo
Nada de ti he recibido;
Pues vida no vida ha sido
La que tu mano me dió.
Y si debes ser primero
Liberal que agradecido,
Como de ti mismo he oído,

Que me dés la vida espero,
Que no me la has dado; y pues
El dar engrandece más,
Si antes liberal, serás
Agradecido después.

CLOTALDO

Vencido de tu argumento,
Antes liberal seré.
Yo, Rosaura, te daré
Mi hacienda, y en un convento
Vive; que está bien pensado
El medio que solicito;
Pues huyendo de un delito,
Te recoges a un sagrado;
Que cuando desdichas siente
El reino, tan dividido,
Habiendo noble nacido,
No he de ser quien las aumente.
Con el remedio elegido
Soy en el reino leal,
Soy contigo liberal,
Con Astolfo agradecido;
Y así escoge el que te cuadre,
Quedándose entre los dos,
Que no hiciera ¡vive Dios!
Más, cuando fuera tu padre.

ROSAURA

Cuando tú mi padre fueras,
Sufriera esa injuria yo;
Pero no siéndolo, no.

CLOTALDO

¿Pues qué es lo que hacer esperas?

ROSAURA

Matar al Duque.

CLOTALDO

       ¿Una dama,
Que padre no ha conocido,
Tanto valor ha tenido?

ROSAURA

Sí.

CLOTALDO

¿Quién te alienta?

ROSAURA

       Mi fama.

CLOTALDO

Mira que a Astolfo has de ver...

ROSAURA

Todo mi honor lo atropella.

CLOTALDO

Tu Rey, y esposo de Estrella.

ROSAURA

¡Vive Dios, que no ha de ser!

CLOTALDO

Es locura.

ROSAURA

Ya lo veo.

CLOTALDO

Pues véncela.

ROSAURA

No podré.

CLOTALDO

Pues perderás...

ROSAURA

Ya lo sé.

CLOTALDO

Vida y honor.

ROSAURA

Bien lo creo.

CLOTALDO

¿Qué intentas?

ROSAURA

Mi muerte.

CLOTALDO

Mira

Que eso es despecho.

ROSAURA

Es honor.

CLOTALDO

Es desatino.

ROSAURA

Es valor.

CLOTALDO

Es frenesí.

ROSAURA

Es rabia, es ira.

CLOTALDO

En fin, ¿que no se da medio
A tu ciega pasión?

ROSAURA

No.

CLOTALDO

¿Quién ha de ayudarte?

ROSAURA

Yo.

CLOTALDO

¿No hay remedio?

ROSAURA

No hay remedio.

CLOTALDO

Piensa bien si hay otros modos...

ROSAURA

Perderme de otra manera.

(Vase.)

CLOTALDO

Pues si has de perderte, espera,
Hija, y perdámonos todos.

(Vase.)

ESCENA IX.

Campo.

SEGISMUNDO, vestido de pieles; soldados, *marchando;*
y CLARIN.

(Tocan cajas.)

SEGISMUNDO

Si este día me viera
Roma en los triunfos de su edad
¡Oh, cuánto se alegrara   (primera,
Viendo lograr una ocasión tan rara
De tener una fiera
Que sus grandes ejércitos rigiera,
A cuyo altivo aliento
Fuera poca conquista el firmamento!
Pero el vuelo abatamos,
Espíritu; no así desvanezcamos
Aqueste aplauso incierto,
Si ha de pesarme cuando esté des-
                              (pierto,

De haberlo conseguido
Para haberlo perdido;
Pues mientras menos fuere,
Menos se sentirá si se perdiere.

(Tocan un clarín.)

CLARIN

En un veloz caballo
(Perdóname, que fuerza es el pintallo
En viniéndome a cuento),
En quien un mapa se dibuja atento,
Pues el cuerpo es la tierra,
El fuego el alma que en el pecho
                              (encierra,
la espuma el mar, y el aire es el
                              (suspiro,
En cuya confusión un caos admiro;
Pues en el alma, espuma, cuerpo,
                              (aliento,
Monstruo es de fuego, tierra, mar y
De color remendado,   (viento;
Rucio, y a su propósito rodado,
Del que bate la espuela;
Que en vez de correr, vuela;
A tu presencia llega
Airosa una mujer.

SEGISMUNDO

Su luz me ciega.

CLARIN

¡Vive Dios, que es Rosaura!

(Retirase.)

SEGISMUNDO

El cielo a mi presencia la restaura.

ESCENA X

ROSAURA, con vaquero, espada y daga. — SEGISMUNDO,

Soldados.

ROSAURA

Generoso Segismundo,
Cuya majestad heroica
Sale al día de sus hechos
De la noche de sus sombras;
Y como el mayor planeta,
Que en los brazos de la aurora
Se restituye luciente
A las plantas y a las rosas,
Y sobre montes y mares,

Cuando coronado asoma,
Luz esparce, rayos brilla,
Cumbres baña, espumas borda;
Así amanezcas al mundo,
Luciente sol de Polonia,
Que a una mujer infelice
Que hoy a tus plantas se arroja,
Ampares por ser mujer
Y desdichada: dos cosas,
Que para obligarle a un hombre,
Que de valiente blasona,
Cualquiera de las dos basta,
Cualquiera de las dos sobra.
Tres veces son las que ya
Me admiras, tres las que ignoras
Quién soy, pues las tres me viste
En diverso traje y forma.
La primera me creíste
Varón en la rigurosa
Prisión, donde fué tu vida
mis desdichas lisonja.
La segunda me admiraste
Mujer, cuando fué la pompa
De tu majestad un sueño,
Una fantasma, una sombra.
La tercera es hoy, que siendo
Monstruo de una especie y otra,
Entre galas de mujer,

Armas de varón me adornan.
Y porque compadecido
Mejor mi amparo dispongas,
Es bien que de mis sucesos
Trágicas fortunas oigas.
De noble madre nací
En la corte de Moscovia,
Que, según fué desdichada,
Debió de ser muy hermosa.
En ésta puso los ojos
Un traidor, que no le nombra
Mi voz por no conocerle,
De cuyo valor me informa
El mío; pues siendo objeto
De su idea, siento ahora
No haber nacido gentil,
Para persuadirme loca
A que fué algún dios de aquellos
Que en metamorfosis llora
Lluvia de oro, cisne y toro
En Dánae, Leda y Europa.
Cuando pensé que alargaba,
Citando aleves historias,
El discurso, hallo que en él
Te he dicho en razones pocas
Que mi madre, persuadida
A finezas amorosas,
Fué, como ninguna, bella,

Y fué infeliz como todas.
Aquella necia disculpa
De fe y palabra de esposa
La alcanzó tanto, que aun hoy
El pensamiento la llora;
Habiendo sido un tirano
Tan Eneas de su Troya,
Que la dejó hasta la espada.
Enváinese aquí su hoja,
Que yo la desnudaré
Antes que acabe la historia.
Déste, pues, mal dado nudo
Que ni ata ni aprisiona,
O matrimonio o delito,
Si bien todo es una cosa,
Nací yo tan parecida,
Que fuí un retrato, una copia,
Ya que en la hermosura no,
En la dicha y en las obras;
Y así, no habré menester
Decir que poco dichosa
Heredera de fortunas,
Corrí con ella una propia.
Lo más que podré decirte
De mí, es el dueño que roba
Los trofeos de mi honor,
Los despojos de mi honra.
Astolfo... ¡ay de mí! al nombrarle

Se encoleriza y se enoja
El corazón, propio efecto
De que enemigo le nombra.
Astolfo fué el dueño ingrato,
Que, olvidado de las glorias
(Porque en un pasado amor
Se olvida hasta la memoria),
Vino a Polonia, llamado
De su conquista famosa,
A casarse con Estrella,
Que fué de mi ocaso antorcha.
¿Quién creerá, que habiendo sido
Una estrella quien conforma
Dos amantes, sea una Estrella
La que los divida ahora?
Yo ofendida, yo burlada,
Quedé triste, quedé loca,
Quedé muerta, quedé yo,
Que es decir, que quedó toda
La confusión del infierno
Cifrada en mi Babilonia;
Y declarándome muda
(Porque hay penas y congojas
Que las dicen los afectos
Mucho mejor que la boca)
Dije mis penas callando,
Hasta que una vez a solas,
Violante mi madre, (¡ay cielos!)

Rompió la prisión, y en tropa
Del pecho salieron juntas,
Tropezando unas con otras.
No me embaracé en decirlas;
Que en sabiendo una persona
Que, a quien sus flaquezas cuenta,
Ha sido cómplice en otras,
Parece que ya le hace
La salva y le desahoga;
Que a veces el mal ejemplo
Sirve de algo. En fin, piadosa
Oyó mis quejas, y quiso
Consolarme con las propias:
Juez que ha sido delincuente,
¡Qué fácilmente perdona!
Escarmentando en sí misma,
Y por negar a la ociosa
Libertad, al tiempo fácil,
El remedio de su honra,
No le tuvo en mis desdichas;
Por mejor consejo toma
Que le siga, y que le obligue,
Con finezas prodigiosas,
A la deuda de mi honor;
Y para que a menos costa
Fuese, quiso mi fortuna
Que en traje de hombre me ponga.
Descuelgo una antigua espada

Que es ésta que ciño; ahora
Es tiempo que se desnude,
Como prometí, la hoja,
Pues confiada en sus señas,
Me dijo: "Parte a Polonia,
Y procura que te vean
Ese acero que te adorna,
Los más nobles; que en alguno
Podrá ser que hallen piadosa
Acogida tus fortunas,
Y consuelo tus congojas."
Llegué a Polonia, en efecto:
Pasemos, pues que no importa
El decirlo, y ya se sabe,
Que un bruto que se desboca
Me llevó a tu cueva, adonde
Tú de mirarme te asombras.
Pasemos que allí Clotaldo
De mi parte se apasiona,
Que pide mi vida al Rey,
Que el Rey mi vida le otorga,
Que informado de quién soy,
Me persuade a que me ponga
Mi propio traje, y que sirva
A Estrella, donde ingeniosa
Estorbé el amor de Astolfo
Y el ser Estrella su esposa.
Pasemos que aquí me viste

Otra vez confuso, y otra
Con el traje de mujer
Confundiste entrambas formas;
Y vamos a que Clotaldo,
Persuadido a que le importa
Que se casen y que reinen
Astolfo y Estrella hermosa,
Contra mi honor me aconseja
Que la pretensión deponga.
Yo, viendo que tú, ¡oh valiente
Segismundo! a quien hoy toca
La venganza, pues el cielo
Quiere que la cárcel rompas
De esa rústica prisión,
Donde ha sido tu persona
Al sentimiento una fiera,
Al sufrimiento una roca,
Las armas contra tu patria
Y contra tu padre tomas.
Vengo a ayudarte, mezclando
Entre las galas costosas
De Diana, los arneses
De Palas, vistiendo ahora
Ya la tela y ya el acero,
Que entrambos juntos me adornan.
Ea, pues, fuerte caudillo,
A los dos juntos importa
Impedir y deshacer

Estas concertadas bodas:
A mí, porque no se case
El que mi esposo se nombra,
Y a ti, porque estando juntos
Sus dos estados, no pongan
Con más poder y más fuerza
En duda nuestra victoria.
Mujer vengo a persuadirte
Al remedio de mi honra;
Y varón, vengo a alentarte
A que cobres tu corona.
Mujer, vengo a enternecerte
Cuando a tus plantas me ponga,
Y varón, vengo a servirte
Con mi acero y mi persona.
Y así, piensa que si hoy
Como mujer me enamoras,
Como varón te daré
La muerte en defensa honrosa
De mi honor; porque he de ser,
En su conquista amorosa
Mujer para darte quejas,
Varón para ganar honras.

SEGISMUNDO

(Aparte.)

Cielos, si es verdad que sueño,
Suspendedme la memoria,

Que no es posible que quepan
En un sueño tantas cosas.
¡Válgame Dios, quién supiera,
O saber salir de todas,
O no pensar en ninguna!
¿Quién vió penas tan dudosas?
Si soñé aquella grandeza
En que me vi, ¿cómo ahora
Esta mujer me refiere
Unas señas tan notorias?
Luego fué verdad, no sueño;
Y si fué verdad (que es otra
Confusión, y no menor),
¿Cómo mi vida le nombra
Sueño? Pues ¿tan parecidas
A los sueños son las glorias,
Que las verdaderas son
Tenidas por mentirosas,
Y las fingidas por ciertas?
¡Tan poco hay de unas a otras,
Que hay cuestión sobre saber
Si lo que se ve y se goza
Es mentira o es verdad!
¿Tan semejante es la copia
Al original, que hay duda
En saber si es ella propia?
Pues si es así, y ha de verse
Desvanecida entre sombras

La grandeza y el poder,
La majestad y la pompa,
Sepamos aprovechar
Este rato que nos toca,
Pues sólo se goza en ella
Lo que entre sueños se goza.
Rosaura está en mi poder;
Su hermosura el alma adora;
Gocemos, pues, la ocasión;
El amor las leyes rompa
Del valor y la confianza
Con que a mis plantas se postra.
Esto es sueño, y pues lo es,
Soñemos dichas ahora,
Que después serán pesares.
Mas ¡con mis razones propias
Vuelvo a convencerme a mí!
Si es sueño, si es vanagloria,
¿Quién por vanagloria humana
Pierde una divina gloria?
¿Qué pasado bien no es sueño?
¿Quién tuvo dichas heroicas
Que entre sí no diga, cuando
Las revuelve en su memoria:
"Sin duda que fué soñado
Cuanto vi"? Pues si esto toca
Mi desengaño, si sé
Que es el gusto llama hermosa,

Que la convierte en cenizas
Cualquiera viento que sopla,
Acudamos a lo eterno,
Que es la fama vividora
Donde ni duermen las dichas,
Ni las grandezas reposan.
Rosaura está sin honor;
Más a un príncipe le toca
El dar honor, que quitarle.
¡Vive Dios! que de su honra
He de ser conquistador,
Antes que de mi corona.
Huyamos de la ocasión,
Que es muy fuerte.

(A un soldado.)

                    Al arma ahora,
Que hoy he de dar la batalla,
Antes que la obscura sombra
Sepulte los rayos de oro
Entre verdinegras ondas.

ROSAURA

¡Señor! ¿pues así te ausentas?
¿Pues ni una palabra sola
No te debe mi cuidado,
Ni merece mi congoja?

¿Cómo es posible, señor,
Que ni me mires ni oigas?
¿Aun no me vuelves el rostro?

SEGISMUNDO

Rosaura, al honor le importa,
Por ser piadoso contigo,
Ser crüel contigo ahora.
No te responde mi voz,
Porque mi honor te responda;
No te hablo, porque quiero
Que te hablen por mí mis obras;
Ni te miro, porque es fuerza,
En pena tan rigurosa,
Que no mire tu hermosura
Quien ha de mirar tu honra.

(Vase, y los soldados con él.)

ROSAURA

¿Qué enigmas, cielos, son éstas?
Después de tanto pesar,
¡Aun me queda que dudar
Con equívocas respuestas!

ESCENA XI

CLARIN. — ROSAURA.

CLARIN

¿Señora, es hora de verte?

ROSAURA

¡Ay, Clarín! ¿dónde has estado?

CLARIN

En una torre encerrado
Brujuleando mi muerte,
Si me da, o si no me da;
Y a figura que me diera
Pasante quínola fuera
Mi vida: que estuve ya
Para dar un estallido.

ROSAURA

¿Por qué?

CLARIN

Porque sé el secreto
De quién eres, y en efeto,

Clotaldo... ¿Pero qué ruido
Es éste?

(Suenan cajas.)

ROSAURA

¿Qué puede ser?

CLARIN

Que del palacio sitiado
Sale un escuadrón armado
A resistir y vencer
El del fiero Segismundo.

ROSAURA

¿Pues cómo cobarde estoy,
Y ya a su lado no soy
Un escándalo del mundo,
Cuando ya tanta crueldad
Cierra sin orden ni ley?

(Vase.)

ESCENA XII.

CLARIN. — Soldados, dentro.

VOCES DE UNOS

¡Viva nuestro invicto Rey!

VOCES DE OTROS

¡Viva nuestra libertad!

CLARIN

¡La libertad y el Rey viva!
Vivan muy enhorabuena;
Que a mí nada me da pena
Como en cuenta me reciban
Que yo, apartado este día
En tan grande confusión,
Haga el papel de Nerón,
Que de nada se dolía.
Si bien me quiero doler
De algo, y ha de ser por mí.
Escondido desde aquí
Toda la fiesta he de ver.
El sitio es oculto y fuerte,
Entre estas peñas. Pues ya
La muerte no me hallará,
Dos higas para la muerte.

(Escóndese; tocan cajas, y suena ruido de armas.)

ESCENA XIII

BASILIO, CLOTALDO y ASTOLFO,
huyendo. — CLARIN, oculto.

BASILIO

¡Hay más infelice Rey!
¡Hay padre más perseguido!

CLOTALDO

Ya tu ejército vencido
Baja sin tino ni ley.

ASTOLFO

Los traidores vencedores
Quedan.

BASILIO

En batallas tales,
Los que vencen son leales,
Los vencidos los traidores.
Huyamos, Clotaldo, pues,
Del crüel, del inhumano
Rigor de un hijo tirano.

(Disparan dentro y cae Clarin herido de donde está.)

CLARIN

¡Válgame el cielo!

ASTOLFO

            ¿Quién es
Este infelice soldado,
Que a nuestros pies ha caído
En sangre todo teñido?

CLARIN

Soy un hombre desdichado,
Que por quererme guardar
De la muerte, la busqué.
Huyendo della, encontré
Con ella, pues no hay lugar,
Para la muerte, secreto:
De donde claro se arguye,
Que quien más su efecto huye,
Es quien se llega a su efeto.
Por eso tornad, tornad
A la lid sangrienta luego;
Que entre las armas y el fuego
Hay mayor seguridad

Que en el monte más guardado,
Pues no hay seguro camino
A la fuerza del destino
Y a la inclemencia del hado;
Y así, aunque a libraros vais
De la muerte con hüir,
Mirad que vais a morir,
Si está de Dios que muráis.

(Cae dentro.)

BASILIO

¡Mirad que vais a morir,
Si está de Dios que muráis!
¡Qué bien (¡ay cielos!) persuade
Nuestro error, nuestra ignorancia
A mayor conocimiento
Este cadáver que habla
Por la boca de una herida,
Siendo el humor que desata
Sangrienta lengua que enseña
Que son diligencias vanas
Del hombre, cuantas dispone
Contra mayor fuerza y causa!
Pues yo, por librar de muertes
Y sediciones mi patria,
Vine a entregarla a los mismos
De quien pretendí librarla.

CLOTALDO

Aunque el hado, señor, sabe
Todos los caminos, y halla
A quien busca entre lo espeso
De las peñas, no es cristiana
Determinación decir
Que no hay reparo a su saña.
Sí hay, que el prudente varón
Victoria del hado alcanza;
Y si no estás reservado
De la pena y la desgracia,
Hay por donde te reserves.

ASTOLFO

Clotaldo, señor, te habla
Como prudente varón
Que madura edad alcanza,
Yo, como joven valiente.
Entre las espesas matas
De ese monte está un caballo,
Veloz, aborto del aura;
Huye en él, que yo entretanto
Te guardaré las espaldas.

BASILIO

Si está de Dios que yo muera,
O si la muerte me aguarda
Aquí, hoy la quiero buscar,
Esperando cara a cara.

(Tocan al arma.)

ESCENA XIV

SEGISMUNDO, ESTRELLA, ROSAURA, soldados, acompañamiento. — BASILIO, ASTOLFO, CLOTALDO.

UN SOLDADO

En lo intrincado del monte,
Entre sus espesas ramas,
El Rey se esconde.

SEGISMUNDO

¡Seguidle!
No quede en sus cumbres planta
Que no examine el cuidado,
Tronco a tronco, y rama a rama.

CLOTALDO

¡Huye, señor!

BASILIO

¿Para qué?

ASTOLFO

¿Qué intentas?

BASILIO

Astolfo, aparta.

CLOTALDO

¿Qué quieres?

BASILIO

Hacer, Clotaldo,
Un remedio que me falta.

(A Segismundo.)

Si a mí buscándome vas,
Ya estoy, príncipe, a tus plantas:

(Arrodillándose.)

Sea dellas blanca alfombra
Esta nieve de mis canas.
Pisa mi cerviz, y huella
Mi corona; postra, arrastra

Mi decoro y mi respeto;
Toma de mi honor venganza,
Sírvete de mí cautivo;
Y tras prevenciones tantas,
Cumpla el hado su homenaje,
Cumpla el cielo su palabra.

SEGISMUNDO

Corte ilustre de Polonia,
Que de admiraciones tantas
Sois testigos, atended,
Que vuestro príncipe os habla.
Lo que está determinado
Del cielo, y en azul tabla
Dios con el dedo escribió,
De quien son cifras y estampas
Tantos papeles azules
Que adornan letras doradas,
Nunca engaña, nunca miente;
Porque quien miente y engaña
Es quien, para usar mal dellas,
Las penetra y las alcanza.
Mi padre, que está presente,
Por excusarse a la saña
De mi condición, me hizo

Un bruto, una fiera humana
De suerte, que cuando yo
Por mi nobleza gallarda,
Por mi sangre generosa,
Por mi condición bizarra
Hubiera nacido dócil
Y humilde, sólo bastara
Tal género de vivir,
Tal linaje de crianza,
A hacer fieras mis costumbres;
¡Qué buen modo de estorbarlas!
Si a cualquier hombre dijesen:
"Alguna fiera inhumana
Te dará muerte"; ¿escogiera
Buen remedio en despertalla
Cuando estuviera durmiendo?
Si dijeran: "Esta espada
Que traes ceñida, ha de ser
Quien te dé la muerte"; vana
Diligencia de evitarla
Fuera entonces desnudarla
Y ponérsela a los pechos.
Si dijesen: "Golfos de agua
Han de ser tu sepultura
En monumentos de plata";
Mal hiciera en darse al mar,
Cuando soberbio levanta
Rizados montes de nieve,

De cristal crespas montañas.
Lo mismo le ha sucedido
Que a quien, porque le amenaza
Una fiera, la despierta;
Que a quien, temiendo una espada,
La desnuda; y que a quien mueve
Las ondas de una borrasca;
Y cuando fuera (escuchadme)
Dormida fiera mi saña,
Templada espada mi furia,
Mi rigor quieta bonanza,
La fortuna no se vence
Con injusticia y venganza,
Porque antes se incita más;
Y así, quien vencer aguarda
A su fortuna, ha de ser
Con cordura y con templanza.
No antes de venir el daño
Se reserva ni se guarda
Quien le previene; que aunque
Puede humilde (cosa es clara)
Reservarse dél, no es
Sino después que se halla
En la ocasión, porque aquésta
No hay camino de estorbarla.
Sirva de ejemplo este raro

Espectáculo, esta extraña
Admiración, este horror,
Este prodigio; pues nada
Es más, que llegar a ver
Con prevenciones tan varias,
Rendido a mis pies a un padre
Y atropellado a un monarca.
Sentencia del cielo fué;
Por más que quiso estorbarla
El, no pudo; ¿y podré yo
Que soy menor en las canas,
En el valor y en la ciencia,
Vencerla?

(Al Rey.)

Señor, levanta;
Dame tu mano, que ya
Que el cielo te desengaña
De que has errado en el modo
De vencerla, humilde aguarda
Mi cuello a que tú te vengues:
Rendido estoy a tus plantas.

BASILIO

Hijo, que tan noble acción
Otra vez en mis entrañas

Te engendra, príncipe eres.
A ti el laurel y la palma
Se te deben; tú venciste;
Corónente tus hazañas.

TODOS

¡Viva Segismundo, viva!

SEGISMUNDO

Pues que ya vencer aguarda
Mi valor grandes victorias,
Hoy ha de ser la más alta
Vencerme a mí. – Astolfo dé
La mano luego a Rosaura,
Pues sabe que de su honor
Es deuda, y yo he de cobrarla.

ASTOLFO

Aunque es verdad que la debo
Obligaciones, repara
Que ella no sabe quién es;
Y es bajeza y es infamia
Casarme yo con mujer...

CLOTALDO

No prosigas, tente, aguarda;
Porque Rosaura es tan noble
Como tú, Astolfo, y mi espada
La defenderá en el campo;
Que es mi hija, y esto basta.

ASTOLFO

¿Qué dices?

CLOTALDO

Que yo hasta verla
Casada, noble y honrada,
No la quise descubrir.
La historia desto es muy larga;
Pero, en fin, es hija mía.

ASTOLFO

Pues siendo así, mi palabra
Cumpliré.

SEGISMUNDO

Pues porque Estrella
No quede desconsolada,

Viendo que príncipe pierde
De tanto valor y fama,
De mi propia mano yo
Con esposo he de casarla
Que en méritos y fortuna,
Si no le excede, le iguala.
Dame la mano.

ESTRELLA

Yo gano
En merecer dicha tanta.

SEGISMUNDO

A Clotaldo, que leal
Sirvió a mi padre, le aguardan
Mis brazos, con las mercedes
Que él pidiera que le haga.

UN SOLDADO

Si así a quien no te ha servido
Honras, ¿a mí, que fuí causa
Del alboroto del reino,
Y de la torre en que estabas
Te saqué, qué me darás?

SEGISMUNDO

La torre; y porque no salgas
Della nunca, hasta morir
Has de estar allí con guardas;
Que el traidor no es menester
Siendo la traición pasada.

BASILIO

Tu ingenio a todos admira.

ASTOLFO

¡Qué condición tan mudada!

ROSAURA

¡Qué discreto y qué prudente!

SEGISMUNDO

¿Qué os admira? ¿Qué os espanta,
Si fué mi maestro un sueño,
Y estoy temiendo en mis ansias
Que he de dispertar y hallarme
Otra vez en mi cerrada
Prisión? Y cuando no sea,
El soñarlo sólo basta;

Pues así llegué a saber
Que toda la dicha humana,
En fin, pasa como un sueño,
Y quiero hoy aprovecharla
El tiempo que me durare:
Pidiendo de nuestras faltas
Perdón, pues de pechos nobles
Es tan propio el perdonarlas.

Telón

Fin

de

LA VIDA ES SUEÑO

ESTE LIBRO SE TERMINO DE IMPRIMIR

EN LOS TALLERES GRAFICOS
RODRIGUEZ GILES
EL DIA 25 DE FEBRERO DE 1939
CASTRO 920 — BUENOS AIRES